金陵全書

丁編·文獻類

王詹事集

（南朝梁）王筠 撰

王司空集

（北周）王褒 撰

江令君集

（南朝陳）江總 撰

南京出版傳媒集團
南京出版社

圖書在版編目（CIP）數據

王僉事集 /（南朝梁）王筠撰. 王司空集 /（北周）王褒撰. 江令君集 /（南朝陳）江總撰. -- 南京：南京出版社，2021.4

（金陵全書）

ISBN 978-7-5533-3192-8

Ⅰ. ①王… ②王… ③江… Ⅱ. ①王… ②王… ③江… Ⅲ. ①中國文學－古典文學－作品綜合集－南北朝時代 Ⅳ. ①I213.92

中國版本圖書館CIP數據核字（2021）第037886號

書　　名　【金陵全書】（丁編・文獻類）
　　　　　王僉事集・王司空集・江令君集
作　　者　（南朝梁）王筠　（北周）王褒　（南朝陳）江總
出版發行　南京出版傳媒集團
　　　　　南 京 出 版 社
　　　　　社址：南京市太平門街53號　郵編：210016
　　　　　網址：http://www.njcbs.cn　電子信箱：njcbs1988@163.com
　　　　　聯系電話：025-83283893、83283864（營銷）　025-83112257（編務）

出 版 人　項曉寧
出 品 人　盧海鳴
責任編輯　程　瑶　余世瑶
裝幀設計　楊曉崗
責任印製　楊福彬

製　　版　南京新華豐製版有限公司
印　　刷　南京凱德印刷有限公司
開　　本　889毫米×1194毫米　1/16
印　　張　28.5
版　　次　2021年4月第1版
印　　次　2021年4月第1次印刷
書　　號　ISBN 978-7-5533-3192-8
定　　價　800.00元

用微信或京東APP掃碼購書

用淘寶APP掃碼購書

總序

南京，古稱金陵，中國著名的四大古都之一，是國務院首批公佈的國家歷史文化名城。

南京有着六十萬年的人類活動史，近二千五百年的建城史，約四百五十年的建都史，享有『六朝古都』『十朝都會』的美譽。南京歷史的興衰起伏在某種程度上可以説是中國歷史的一個縮影。在中華民族光輝燦爛的歷史長河中，古聖先賢在南京創造了舉世矚目、富有特色的六朝文化、南唐文化、明文化和民國文化，爲中華民族文化的傳承和發展做出了不朽貢獻。然而，由於時代的遞遷、戰争的破壞以及自然的損毁等原因，歷史上南京的輝煌成就以物質文化形態留存下來的相對較少，見諸文獻典籍的則相對較多。南京文獻内涵廣博，卷帙浩繁，版本複雜。截至一九四九年中華人民共和國成立，南京文獻留存下來的有近萬種，在全國歷史文化名城中名列前茅。以六朝《世説新語》《文心雕龍》《昭明文選》，唐朝《建康實録》，宋朝《景定建康志》《六朝事迹編類》，元朝《至正金陵新志》，明朝《洪武京城圖志》《金陵古今圖考》《客座贅語》，清朝《康熙江寧府志》《白下瑣言》，民國《首都計劃》《首都志》《金陵古蹟圖考》等爲代表的南京地方文獻，不僅是南京文化的集中體現，也是中華民族優秀傳統文化的重要組成部分。這些南京文獻，積澱貯存了歷代南京人民的經驗和智慧，翔實地反映了南京地區的社會變遷，是研究南京乃至全國政治、經濟、軍事、文化、外交和民風民俗的重要資料。

歷史上的南京文化輝煌燦爛，各類圖書典籍琳琅滿目。迄今爲止，南京文獻曾經有過三次不同程度的整理。

第一次是距今六百多年前的明朝永樂年間，明朝中央政府在南京組織整理出版了《永樂大典》。《永樂大典》正文二萬二千八百七十七卷，凡例和目録六十卷，分裝成一萬一千零九十五册，總字數約三億七千萬字。書中保存了中國上自先秦、下迄明初的各種典籍資料達七八千種，是中國古代最大的類書。

第二次是民國年間，南京通志館編印了一套《南京文獻》。《南京文獻》每月一期，從一九四七年元月至一九四九年二月共刊行了二十六期，收入南京地方文獻六十七種，包括元明清到民國各個時期的著作，其中收録的部分民國文獻今天已經成爲絶版。

第三次是二〇〇六年以來，南京出版社選取部分南京珍貴文獻，整理出版了一套《南京稀見文獻叢刊》點校本，到二〇二〇年，已經出版了六十九册一百零五種，時代上起六朝，下迄民國，在學術普及方面做出了一定的貢獻。

中華人民共和國成立以來，尤其是改革開放以來，南京的政治、經濟、文化建設飛速發展，但南京文獻的全面系統整理出版工作一直没有得到應有的重視，這與南京這座國家歷史文化名城的地位頗不相稱。據調查，目前有關南京的各類文獻主要保存在南京圖書館、南京市檔案館，以及全國各地的高等院校、科研院所、圖書館、檔案館、博物館，少數流散於民間和國外。一方面，廣大讀者要查閱這些收藏在全國各地的南京文獻殊爲不便；另一方面，許多珍貴的南京文獻隨着歲月的流逝而瀕臨損毁和失傳。南京文獻的存史、資治、教化、育人功能没有得到應有的發揮。

盛世修史（志）。在中華民族和平崛起和大力弘揚民族傳統文化、全力發展民族文化事業的大背景下，在建設『文化南京』的發展思路下，中共南京市委、南京市人民政府於二〇〇九年十二月做出决定，將南京有史以來的地方文獻進行全面系統的匯集、整理和影印出版，輯爲《金陵全書》（以下簡稱《全書》），以更好地搶救和保護鄉邦文獻，傳承民族文化，推動學術研究，促進南京文化建設；同時，也更爲有効地增加南京文獻存世途徑，提昇南京文獻地位，凸顯南京文獻價值。

爲編纂出能够代表當代最高學術水平和科技成就，又經得起時間檢驗的《全書》，我們將編纂工作分成三個階段進行。第一個階段爲調研階段，主要對南京現存文獻的種類、數量、保存現狀以及收藏地點等進行深入細緻的調研，召集專家學者多次進行學術論證和可操作性論證，撰寫出可行性調查報告，爲科學决策提供依據，此項工作主要由中共南京市委宣傳部和南京出版社組織完成。第二個階段爲啓動階段，以二〇〇九年十二月二十四日召開的『《金陵全書》編纂啓動工作會』爲標志，市委主要領導親自到會動員講話，市委宣傳部對《全書》的編纂出版工作作了明確部署。在廣泛徵求專家學者意見的基礎上，確定了《全書》的總體框架設計，確定了將《全書》列爲市委宣傳部每年要實施的重大文化工程，確定了主要參編責任單位和責任人，並分解了任務。第三個階段爲編纂出版階段，主要在全國範圍内進行資料的徵集、遴選和圖書的版式設計、複製、排版及印製工作。

爲了確保《全書》編纂出版工作的順利進行，中共南京市委、南京市人民政府成立了專門的編纂出版組織機構。其中編輯工作領導小組，由中共南京市委、市政府領導以及相關成員單位主要負責人組成；《全書》的編纂出版工作由市委宣傳部總牽頭；學術指導委員會，由蔣贊初、茅家琦、梁白泉等一批全國著名的專家學者組成，負責《全書》的學術審核和把關。

《全書》分爲方志、史料、檔案和文獻四大類。自二〇一〇年起，計劃每年出版四十册左右。鑒於《全書》的整理出版工作難度較大，周期較長，在具體操作中，我們採取了分工協作的方式。市委宣傳部和南京出版社負責《全書》的總體策劃，其中方志部分，主要由南京市地方志編纂委員會辦公室和南京出版傳媒集團·南京出版社共同承擔；史料和文獻部分，主要由南京圖書館承擔；檔案部分，主要由南京市檔案局（館）承擔。《全書》的編輯出版，得到了江蘇省文化廳、江蘇省新聞出版局、江蘇省檔案局（館）、南京大學、南京圖書館、南京市文廣新局、南京市社科聯（社科院）、南京市文聯、金陵圖書館以及各區委宣傳部和地方志辦公室等單位及社會各界的熱情鼓勵和大力支持，尤其是得到了中國國家圖書館和全國各地（包括港臺地區）高等院校、科研院所、圖書館、檔案館、博物館等藏書單位的鼎力相助，在此表示深深的謝意！

我們相信，在中共南京市委、南京市人民政府的長期不懈支持下，在各部門、各單位的積極配合和衆多專家學者的共同努力下，這項功在當代、利在千秋的傳世工程一定能够圓滿完成。

《金陵全書》編輯出版委員會

凡例

一、《金陵全書》（以下簡稱《全書》）收録的南京文獻，分爲方志、史料、檔案和文獻四大類。

二、《全書》按上述四大類分爲甲、乙、丙、丁四編，以不同的封面顔色加以區分；每編酌分細類，原則上以成書時代爲序分爲若幹册，依次編列序號。

三、《全書》收録南京文獻的地域範圍，包括了清代江寧府所轄上元、江寧、句容、溧水、高淳、江浦、六合。

四、《全書》收録的南京文獻，其成書年代的下限爲一九四九年。

五、《全書》收録方志、史料和文獻，盡量選用善本爲底本。《全書》收録的檔案以學術價值和實用價值較高爲原則，一般選用延續時間較長、相對比較完整的檔案全宗。

六、《全書》收録的南京文獻底本如有殘缺、漫漶不清等情況，必要時予以配補、抽換或修描，以保證全書完整清晰；稿本、鈔本、批校本的修改、批注文字等均保留原貌。

七、《全書》收録的南京文獻，每種均撰寫提要，置於該文獻前，以便讀者了解其作者生平、主要内容、學術文化價值、編纂過程、版本源流、底本採用等情况。

八、《全書》所收文獻篇幅較大時，分爲序號相連的若幹册；篇幅較小的文獻，則將數種合編爲一册。

九、《全書》統一版式設計，大部分文獻原大影印；對於少數原版面過大或過小的文獻，適當進行縮小或放大處理，並加以説明。

十、《全書》各册除保留文獻原有頁碼外，均新編頁碼，每册頁碼自爲起訖。

總目録

金陵全書

丁編·文獻類

王詹事集

（南朝梁）王筠 撰

南京出版社
南京出版傳媒集團

提要

《王詹事集》二卷，南朝梁王筠撰。

王筠（四八二—五五〇），字德柔，一字符禮，小字養，法號慧炬，琅琊臨沂人，梁代文學家、書法家。晋王導三子洽後裔，以世居建康禁中里馬蕃巷，故號馬蕃王氏。祖僧虔，父揖，母袁粲女。梁大寶元年（五五〇）卒於侯景亂中，時年六十九歲。《梁書》《南史》有傳。

王筠一生仕歷與其百卷詩文編集方式關係密切（參黄大宏《王筠集校注》附録《王筠年譜》）。梁天監三年（五〇四），筠起家中軍將軍、揚州刺史、臨川王宏行參軍，遷太子舍人。六年，除尚書殿中郎，因題咏沈約郊居新宅，爲約所賞；又爲豫章王綜主簿，受詔作《答釋法雲書》，駁范縝《神滅論》。七年，丁父憂去職。十年春服闋，起爲太子洗馬。次年遷太子中舍人，并掌東宫管記，與王錫、張纘等十人受敕爲學士，與昭明太子游處。十四年，遷中書郎。普通三年（五二二），劉孝綽始編《昭明太子集》；時太子起樂賢堂，圖畫東宮文士，以孝綽居首，王筠預焉，與殷芸以方雅同得禮遇。六年，除尚書吏部郎。大通二年（五二八）遷太子中庶子，復入東宫，繼領羽林監，又改領步兵校尉，是歲《文選》成書。中大通二年（五三〇），遷司徒左長史。次年四月，昭明太子薨，受詔爲哀策，乃一時名文，遂出爲貞威將軍、臨海太守，在郡因侵刻被訟，不調累年。大同五年（五三九），除太府卿。六年，遷度支尚書。太清二年（五四八）侯景亂起後，筠未入宫城，舊宅爲賊所焚，適因蕭子雲逃於民間，遂入居蕭宅。三年六月丁亥，以筠爲太子詹事，爲一生居官頂峰，但以當時情勢，亦祇備位而已。大寶元年，夜遇盜攻，王筠因驚懼墜井而卒，家人十餘人同遇害。

王筠『清静好學』，少擅屬文，『年十六爲《芍藥賦》，甚美』（《梁書》本傳），自此以文學馳譽當代。沈約曾稱贊王筠詩『實爲麗則』，而『擅美推能，實歸吾子』（沈約《報王筠書》）。他又侍從昭明太子近三十年，爲東宫學士；并與吴均、蕭子雲等著名文人有交，與梁武帝及諸王屢有唱和，前後縱横文壇四十餘年，幾與一代文學制作相始終，且與昭明文學集團及其文學好尚有着密切的關係。其著述宏富，除天監十四年奉敕撰《中書表奏》三十卷之外，自有文集八種百卷之巨，即《梁書》本傳云『筠自撰其文章，以一官爲一集，自《洗馬》《中書》《中庶子》《吏部》《左佐》《臨海》《太府》各十卷，《尚書》三十卷，凡一百卷行於世』者，延續了王氏家門七葉『人人有集』『文才相繼』（王筠《自序》）的門風。張燮《〈王詹事集〉題詞》云：『元禮弘厚，聿追祖風，……門標龍鳳，此其最優矣。』又『嘗語客曰：得盡發王公百許卷讀之，一官自爲一集，不案間非常巨麗乎？』但因王筠文集早佚，其遺澤後世的，主要是『以一官爲一集』的文集編纂體例。王筠以『一官一集換頭銜』（清厲鶚《南宋雜事詩》卷六）的方式自編文集，突破了以文體類型編集的規範，開創了以仕歷爲編集斷限的體例，也內含以終官命集之例，建構起作家一生居官爲文歷程的編年史，體現出强烈的創作自覺意識，如宋祁所云：『每官各爲一集，獨有王筠。由是而觀之，其有意乎作者之事矣。』（《景文集》卷四五《宋同年劍池編序》）所謂『一官成一集，詩學源流正』（元洪焱祖《杏庭摘稿》之《次韻奉酬孟能静見貽之什》），『一官一集體』便於體現仕途遷轉與詩風變化的結合之跡，故爲後世所廣泛依從。

王筠諸集至唐初已不完整。檢《隋書・經籍四》著録《王筠集》五種五十三卷，即『《梁太子洗馬王筠集》十一卷，并録；王筠《中書集》十一卷，并録；王筠《臨海集》十一卷，并録；王筠《左佐集》十一卷，并録；王筠《尚書集》九卷，并録』，不計目録，實存四十八卷，無《吏部》《中庶子》《太府》三集。《舊唐書·經籍下》增出《中庶子集》一種十卷，《尚書集》又多二卷，故實存六種六十卷。《通志·藝文略七》《新唐書·藝文四》分别照録二書，此外未見著録，有遺文見於《玉臺新咏》《廣弘明集》《藝文類聚》《梁書》《文苑英華》諸書，故當佚於宋代。

王筠佚作至明始有輯本，馮惟訥《詩紀》卷九六收詩四十一首，梅鼎祚《梁文紀》卷十四收文八篇。詩文合輯先有張燮的《七十二家集》本《王詹事集》，卷之一包括賦、樂府、詩，卷之二包括表、箋、書、序、記、碑、哀策文，附録有南朝陳姚察撰《王筠傳》、唐代李延壽撰《王筠傳》、南朝梁吴均《酬王洗馬蕭新浦二首》、南朝陳江總《答王筠早期守建陽門開》及遺事、集評等。再經張溥整理，并補文九篇，收入《百三家集》卷九五，以《雲陽記》屬誤收，共得詩文五十七篇。清嚴可均《全梁詩》卷十與《全梁文》卷六五大體沿襲了這一格局，至逯欽立略有突破，據《初學記》和《韵補》補詩六首，收於《梁詩》卷二四，因《觀海詩》乃王微佚作，《以服散鎗贈殷鈞》是吴均詩，故實爲四首。而《玉臺新咏》卷九、《文館詞林》卷六九九、《補注杜詩》卷二和《韵補》卷二尚有文二篇、詩一首及殘詩四組。故王筠今存諸體文十八篇，詩四十九首，僅當原集數卷規模。張溥云：『隱侯遺文頗廣，元禮則寥寥鮮存。……其文傳不傳，亦各有命也。』實亦是梁代文學的巨大損失。

《金陵全書》收録的《王詹事集》以中國國家圖書館藏明天啓、崇禎間《七十二家集》本爲底本原大影印出版。

黄大宏

王詹事集題詞

王元禮自述家世謂七葉重
光人人有集茲存爲余所品
定者僅二人齊則元長梁則
元禮元長僧達之胤元禮僧
虔之孫也琅邪之有僧虔譬

在繄雞窩鹽中別有踈籬桐竹之況子志等迺守家法故馬糞諸王單著長者之目元禮弘厚聿追祖風彼貴遊之習為豪華才士之沿為傲侮元禮無一爲門標龍鳳此其

最優矣生平嗜書耑老彌篤手自抄録不覺筆倦是真不以天地易蜩着至今誦行路難詩及東宫哀策文抹彼賸馥餕芬香端他亦琅琅成響余嘗語客曰得盡發王公百

許卷讀之一官自爲一集不寀間非常巨麗乎客曰子頗太奢更得郊居十賛所謂指物呈形無假題署者是亦足矣

柔兆攝提格律在應鐘月紹

和張燮書于群玉樓

王詹事集目録

詩

東陽還經嚴陵瀨贈蕭大夫

遊望

卷之二

表

爲第六叔讓重除吏部尚書表

爲從兄讓侍中表

爲王儀同瑩初讓表

牋

答湘東王示忠臣傳牋

書

序

王詹事集卷之一

梁瑯琊王筠著
明閩漳張燮紹和纂

賦

蜀葵花賦

惟兹奇草遷花西道凌金坂之威夷跨玉津之浩浩値油雲之廣臨屬光風之長掃仰椒屋而敷榮値蘭房而舒藻邁衆芳而秀出冠雜卉而當闈既扶疎而雲蔓亦灼爍而星微布濩交加

蓊茸紛葩疏莖密葉翠蕚丹華

樂府

有所思

丹墀生細草、紫殿納輕陰。躞躞巫山遠、悠悠湘水深。徒歌鹿盧劍、空貽玳瑁簪。望君終不見、眉淚且長一作徵吟。

陌上桑

人傳陌上桑。未曉已含光。重重相蔭映、軟弱一作軟軟自芬芳。秋胡始倚馬、羅敷未滿筐。春蠶朝已老、安得久彷徨。

俠客篇

俠客趨名利、劍氣坐相矜。黃金塗鞘尾、白玉飾鈎膺。晨馳逸廣陌、日暮返平陵。舉鞭向趙李、與君方代興。

三婦艷

大婦留芳褥、中婦對華燭。小婦獨無事、當軒理清曲。丈人且安臥、艷歌方斷續。

雜曲二首

烏還夜已逼、蟲飛曉尚賒。桂月徒留影、蘭燈空結花。

可憐洛城東。芳樹摇春風。丹霞映白日、細雨帶輕虹。

行路難

千門皆閉夜何央。百憂俱集斷人腸。探揣箱中取刀尺、拂拭機上斷流黃。情人逐情雖可恨、復畏邊遠乏衣裳。已繰一繭催衣縷、復擣百和薰衣香。猶憶去時腰大小、不知今日身短長。裲襠雙心共一袜。袙複兩邊作八襊。襻帶雖安不忍

縫開孔裁穿猶未達胸前却月兩相連本照君心不照天願君分明得此意勿復流蕩不如先含悲含怨判不死封情忍思待明年

楚妃吟

花早飛林中明鳥早歸庭前日暖春閨香氣亦霏霏香氣漂當軒清唱調獨顧暮含怨復含嬌蝶飛蘭復裊裊輕風入裙春可遊歌聲梁上浮春遊方有樂沉沉下羅幕

詩

侍宴餞臨川王北伐應詔

金版韜英玉牒藴精帝德乃武王威有征軒習弧矢夏陳干戚周騖戎車漢馳羽檄我皇俊聖千年踵武德洞十千一作千門威加八柱金正地德水行失道胡馬南牧戎徒西保薦食伊瀍整居豐鎬金闕一作閣揚塵銅臺茂草命彼膳夫爰詔協律樂賦出車絃操吉日玉饌駢羅瓊漿泛溢聖德温温賓儀秩秩

早出巡行矚望山海

王生臨廣隰潘子望洪河同軫懷歸思俱興年逝歌曰余異二子承睫泱滂沱剖符瀛海外結綴層山阿因心留惻惻怨已息煩苛繕築循時隟興動藉民和高門惟壯麗脩雉亦騈羅層樓亦攀陟複道亦經過昧旦清音上風氣入纖蘿雲起垂天翼水動連山波奔濤延瀾汗積翠遠嵯峩鄉關屢廻曲還顧杳蹉跎曾徽肅肅羽望路空如何

北寺寅上人房望岫翫前池

安期逐長往交甫稱高讓逵跡入滄溟輕舉馳昆閬良田心獨善兼且情由放豈若尋幽棲郎目窮清曠激水周堂下屯雲塞簷向開牖聽奔濤開窻延疊嶂前階復虛沿瀰迤成淵漲雨點散圓文風生起斜浪游鱗互瀺灂群飛皆哢吭蓮葉蔓田田菱花動搖漾浮光曜庭廡流芳襲帷帳匡坐足怡懷詎思江海上

和衛尉新渝侯巡城口號

閶闔曉已昏鉤陳杳將暮棲烏城上返（一作喧）晚
雀林中度屯衛時巡警凝戚肆安步閣道趨文
昌禁兵連武庫銅烏迎早風金掌承朝露畀恩
分曉色聘聣生秋霧維城任寄隆空想靈均賦
伊余方病免丘園保恬素

寓直中庶坊贈蕭洗馬

龍樓實九重薄寀殊復早玉堦泫清露銅池結
秋潦霜被守宮槐風驚護門草之子擅文華縱
橫富辭藻舒錦慙光麗握珠謝奇寶媿予非工

交何用拔懷抱

奉和皇太子懺悔應詔有序

奉和皇太子懺悔詩仍上皇宸極　聖旨
即疏降同所用十韻私心慶躍得未曾有招
採餘韻更題鄙拙

一聖智比明帝德光四海荷負誠悠屬度脫實
斯在懺說濟蒙愚雖心屏欺殆名僧引定慧朝
纓列元凱還迷依善道友心由直宰和鈴混吹
音勝幡榮雩彩早蒲欲抽葉新篁向舒篋翹勤

諒懇到歸誠信蕪倍庸艷似煙霞欄杆若珠琲

善誘雖欲繼含毫愧文彩

和皇太子懺悔

習惡歸禮懺有過稱能盛德及群生唱說信

兼採翹心蕩十惡遡誠銷五罪三縛解智門六

塵清法海超然故無著逍遥新有待

簡文懺悔詩附

皇情矜幻俗聖德愍重昏制書開攝受絲綸

廣慧門時英蕭君圓法侶盛天園俱銷五道

縛此蕩四生怨一作宛三脩一作循袪愛馬六念靜心猿庭深林一作仗彩艷地寂鳥一作伎聲喧上風吹法鼓毋鈴鳴晝軒新梅含未發落桂聚還翻早煙藏石磴寒潮浸水門一朝蒙善誘方願遣籠樊

和吳主簿六首

春日二首

日照鴛鴦殿萍生鴈鶩池游塵隨影入弱柳帶風垂青縠一作鷇逐黃口獨鶴慘羈雌同衾遠遊

說結愛久相離。於今方溘死，寍湏萱草枝。

菤葹心未發，蘼蕪葉欲齊。春蠶方曳緒，新燕正銜泥。野雉呼鴡雎，庭禽挾子棲。從君客梁後，方晝掩春閨。山川隔道里，芳草徒萋萋。

秋夜二首

九重依夜館，四壁慘無暉。招搖顧西落，烏鵲向東飛。流螢漸收火，絡緯欲催機。爾時思錦字，持製行人衣。所望丹心達，嘉客倘能歸。

露華初泥泥，桂枝行棟棟。煞氣下重軒，輕陰蕩

四屋別寵增脩夜遠征悲獨宿愁牽翠羽眉淚
滿橫波目長門絕往來含情空杼軸

遊望二首

落日照紅粧挾瑟當窗牖壹復歌靡蕪唯聞歎
楊柳結好在同心離別由衆口徒設露葵羹誰
酌蘭英酒會日杳無期蕣華安得久
相思不安席聊至狹斜東愁眉傲戚里高髻學
城中雙眉偏照日獨萱好縈風自知心所愛獻
賦甘泉宮傳聞方鼎食詎憶春閨容

代牽牛答織女

新知與生別由來儻相值如何（一作當如）寸心中一宵懷兩事歡娛未繾綣倏忽成離異終日遥相望秖益生愁思猶想今春悲尚有故年淚忽遇長河轉獨喜涼颸至奔精翊鳳軫纖阿警龍轡

沈約織女贈牽牛附

紅粧與明鏡二物本相親用持施點畫不照離居人徃來雖一照一照復還塵塵生不復拂蓬首對河津冬夜寒如此寧遽道陽春初

商忽云至暫得奉衣巾施衿已成故每聚怠如新

苦暑

日坂一作域散朱雰天隅歛青靄飛飈一作光熿南陸炎津通壯瀨繁星聚若珠客雲屯似蓋月至每開襟風過時解帶

五日望採拾

裁縫逗早夏點畫守初晨綃紈既妍媚脂粉亦香新長絲表良節命一作金縷應嘉辰結蘆同楚

客採艾異詩人。折花競鮮彩、拭露染芳津。含嬌起斜盼、斂笑動微嚬。獻璫依洛浦、懷佩似江濱。須待恩光接、中夜奉衣巾。

奉酬從兄臨川桐樹

伊昔擅羽儀，待價龍門垂。優游清露點，微（一作徵）穆惠風吹。月上陰陽榦，雲覆死生枝。公子存高尚，聊用影華池。棲鸞既不重，舞鶴復何施。方同散木釁，清響竟誰知。

摘安石榴贈劉孝威

中庭有奇樹，當户發華滋。素莖表朱實，綠葉麗紅蕤。既標太冲賦，復見安仁詩。宗生仁壽殿，旌代疑作茂河陽湄。有美清淮壯，如玉又如龜。退書寫蟲篆，進對一作封多好辭。我家新置側，可求不難識。相望阻盈盈，相思滿胸臆。高枝爲君採，請寄西飛翼。

東南射山

阮籍詠懷詩曰：東南有射山，汾水出其陽。言神仙之事。

還丹改容質，握髓駐流年。口含千里霧，掌流五色煙。瓊漿汎金鼎瑶池漑玉田。倏忽整龍駕相遇鳳臺前。

春遊

蘩蘭已飛蝶楊柳半藏鶯。物色相煎蕩微步出東家。既同翡翠翼復如桃李花。欲以千金笑迴君流水車。

春日

金堤草非舊玉池泉已新。風生似羊角雲上若魚鱗。幽閨多怨思停織坐嬌春。芳華既零落方作向陽人。

向曉閨情

壯斗行欲没，東方稍已晞。晨雞初下棲。玉臺作振羽曉露尚作方霑衣。衾裯作錦衾徒有設。信誓作蘭約果相違。詎作誰恐開朝鏡，羞恨掩空扉。

望夕霽帝王集作簡文者非

連山捲亂一作族雲。長林息衆籟。密樹含綠滋。遥峰凝翠靄。石溜正潨㶁。一作潺湲山泉始澄汰。物華方入賞。跂予心期會。

和孔中丞雪裏梅花

水泉猶未動，庭樹已先知。翻光同雪舞，落素混一作汨冰池。今春競時發，猶是昔年枝。惟有長顰額，對鏡不能窺。

摘園菊贈謝僕射舉

靈茅挺三脊，神芝曜九明。菊花偏可憙，碧葉媚金英。重九惟嘉節，抱一應元貞。泛酌宜長久，聊薦野人誠。

答元金紫餉朱李 六朝詩集作沈約，因初學記相次而誤也穠華春發彩結實下成蹊。潘生詠金谷、魏后沈寒溪。逢君重妖麗、移翫入崇閨。慙無瓊玖報、徒用萃幽棲。

詠輕利舟應臨汝侯教

君侯飾輕利、擢蕩邁飛雲。凌波漾鷁彩、汎水漁鮫文。電流已光絶、鳥逝復超群。倏忽方千里、戀茲岐路分。

詠燈檠

百華曜九枝。鳴鶴映冰池。朱光本内照、丹花復

外番流暉悅嘉容、翻影泣生離。自銷良不晦、明
白願君知。

詠蠟燭

執燭引佳期。流影度單帷。朣朧別繡被、依稀見
蛾眉莢。明不足貴、燋燼豈爲疑。所恐恩情改、照
君尋履綦。

和蕭子範入元襄王第

昔入睢陽苑連步披風雲今遊故基臺處處回望間
無人皓壁留餘篆蕙圃有餘芬行人皆隕涕何

銜孟嘗君

蕭子範入元襄王第附

伏軾窺東苑收淚下玉橋昔時方轂處於今
共寂寥夾池猶裊裊仙樹尚迢迢一同西靡
栢徒思芳樹蕭

閨情

月出宵將半、星流曉未央。空閨易成響、虛室自
生光。嬌羞悅人夢、猶言君在傍。

東陽還經嚴陵瀨贈蕭大夫

子陵徇高尚超然獨長往釣石宛如新故態依可想

遊望

晨登黄馬坡遥望白龍堆風威盡撩折路險車輪摧

王詹事集卷之二

梁瑯琊王筠元禮著
明閩漳張燮紹和纂

表

爲第六叔讓重除吏部尚書表

臣聞剸犀截鴈必俟昆吾之鋒逐日追風信資伯樂之駿末有騄駕蹇足而方騁遥塗採藝鉛刀而求其斷割伏惟則哲爲體事覲歷代明别攸寄義重前王必使玉石薰蕕區别靡雜涇渭

玄黄條流不爽自非伯豪之天下能稱仲子之嚮人歸德孝先之援直抑僞巨源之黜惡舉善然後可以銓鏡流品平均衡石

爲從兄讓侍中表

至如元勳舊儒之胄積德累仁之基九世七葉之華相韓事漢之資不然則子駿之學洞古今平子之思侔造化仲宣之辯識無滯次重之解經不窮然後可以喻旨公卿問對帷扆陪六尺之輿通四方之意求之微臣此塗頓隔

爲王儀同瑩初讓表

執玉獻金卒先五等親冕迎軺光導百辟坐階遠大遂致隆滿自位昇朝首職冠禮闈辭蕭之願將際致仕之請方奏而思渥恩旹昭獎必被寵章爰降朝野驚矚是以安石歸禾固請元規終以致讓况臣才質空疎器量庸淺而可以叅參鉉席靦貌槐庭

上太極殿表

四海爲家，義存威重；萬國來朝，事惟壯觀。寔北辰之居所，正南面之尊貴。繡栭鏤檻，延曜光輝；虬柱虹梁，杳宜雲霧。非許鄴之敢倫，豈雍豫之能擬。且工徒樂業，庶民自競，一勞永逸，不日而成，信可以宴饗百神，朝覲羣后者矣。臣過荷寵榮，祿秩優渥，謹率丹款，上夫一千，不足微申鳧躍，伏深慚悚。

王詹事集　卷二　三

牋

答湘東王示忠臣傳牋

竊以孝實天經忠爲令德百行攸先一心靡貳

昔淮南鴻烈事無的准沛王通論義止儒術東平獲譽良爲片言臨淄見稱文辭小道孰若理冠君親義兼臣子謹當宣示遐邇光揚德音

王詹事集　卷二　四

書

與諸兒論家世集書

史傳稱安平崔氏及汝南應氏竝累世有文才所以范蔚宗世擅雕龍然不過父子兩三世耳非有七葉之中名德重光爵位相繼人人有集如吾門世者也沈少傳約語人云吾少好百家之言身爲四代之史自開闢已來未有爵位蟬聯文才相繼如王氏之盛者也汝等仰觀堂構思各努力

與長沙王別書

筠頓首頓首高秋淒爽體中何如願比勝納承入東禮拜用深傾仰昔藩后遨遊不無是事或龍舟水嬉或臨川送遠摐金飛旆況此安流猶復見重良書以爲盛德未有選日簡辰歸誠繫念尋法城之遊逗祇園之聚翹心讚歎無以譬說僕夙疢增瘵蹇廢蓬門不獲執離彌深傾戀願敬勗白書不次王筠頓首頓首

與東陽盛法師書

菩薩戒弟子王鈞濾名慧炬稽首和南問訊東陽盛法師弟子昔因多幸早蒙覲接歲月推流踰三十載欽慕風德獨盈懷抱間以山川無由禮敬司馬參軍仰述存眷曲垂訪憶既荷錄舊之情兼佩慇懃之旨歡欣頂戴難爲譬說仰承垂和履福亨年九十有四喻絳人之未高同啟宗之遐壽且耳長直已過頂齒剛會不先落延華駐彩怡神輔性自非宿殖善因何以招斯勝

果尊年尚齒之誠懷德敦舊之欵依風慕道之深欣羨景仰之至興居在念寤寐載懷弟子恨此樊籠廹茲纓鏁無由問道撫躬如失庶心期實會咫尺江山道術相忘棄置形跡惟願敬勗保此期頤赤松朱髮復何足賓飛錫騰軀直在旦夕指陳丹欵殊未伸暢儻惠一言豈不幸甚

弟子鈞稽首和南

與雲僧正書

弟子孤子鈞頓首稽首和南弟子舋結幽明備嬰荼蓼攀擐崩踴肌髓糜潰尋繹煩冤肝腸寸斷號天叩地永隔精誠捨命捐軀終無補益思欲仰福廣爲灋事以伸罔極之痛少寄追慕之誠鑄像度僧仰遵灋教建齋設會務依經典敷說大乘誘度群生其福不淺仰惟大正法師道心純淑至德凝深智包空有照通真俗多聞不窮機辯無礙一代師匠四海推崇弟子宿值善

因早蒙親眷情同骨肉義等金蘭外書所謂冥契神交内典則爲善友知識敬藉徽緣敢陳大願來歲夏中欲仰請講說弘法之情既無彼此眷愛之深特希降屈公私道俗要請既多故預諮聞必願允遂登圖一旦忽有斯白臨紙朒衄君言無次弟子孤子王筠頓首頓首稽首和南

答釋法雲書

筠和南辱告垂示上答臣下審神滅論竊聞優然有見禮典之格言今則不滅法教之弘旨但妙相虛玄神功凝靜自非體道者豈能默領其宗不有知機者無由冥應其會聖主迹同萬機心游七淨哀愍群生嫗煦庶物滌彼蓋纏曷以辯慧祛其蒙惑躋之仁壽信大哉爲君善於智度者也弟子世奉法言家傳道訓而學淺行疎封累猶軫既得餐稟聖教預聞弘誘一音得解

萬善可偕抃躍之情無以譬說弟子王筠和南

與瑗律師書

筠和南至節過念哀慕深至情不可任冀凝道體何如想比清豫弟子羸勞每惡慘弊何理眷請勤御比日來敘遣白王筠和南

序

自序

余少好書老而彌篤雖遇見瞥觀皆卽疏記後重省覽懽興彌深習與性成不覺筆倦自年十三四齊建武二年乙亥至梁大同六年四十載矣幼年讀五經皆七八十遍愛左氏春秋吟諷常爲口實廣略去取凡三過五抄餘經及周官儀禮國語爾雅山海經本草並再抄子史諸集皆一遍未嘗倩人假手並躬自抄錄大小百餘

卷不足傳之好事盖以備遺忘而已

記

雲陽記

車箱阪下有黎園一頃樹數百株青翠繁密望如車盖

碑

開善寺碑

玅門關鍵闢之者既難法海波瀾游之者未易是以軒稱俊聖堯曰欽明韶護有美善之風文武致時雍之業地平天成惟事即世移風易俗匪止今身至如訪道峒山乘風獨遠凝神汾水窅然自喪或宗仰黃老之談景慕神僊之術斯蓋不度群生事局諸己篤而爲論道有未弘熏風璚露散馥流甘璧月珠星聯華颺葉修旛繞

於雲根和鈴響於天外玉池動而揚文寶樹搖而成樂銘曰

亭亭切漢耿介凌煙層甍霞聳飛棟星懸

國師草堂寺智者約法師碑

結宇山椒疏壤幽岫蓄雲泄雨靄映房櫳浴日瀹星潮光池沼宸居暇豫留思幽微研精經藏探求法寶香城實相之談金河常樂之說究竟微妙洞達幽玄掖庭爲道心之宫華林構重雲之殿師子之座高廣於燈王聽法之筵衆多於方丈開寶函之奧典闡金字之微言顯證一乘宣揚三慧辯才無閡遊戲神通莫不皆悟無生咸知忘想隨類得解俱會眞如銘曰

形在江湖心超袛鷟思協風雲量包宇宙軒瞰
蒼波窓承翠嶺湏梳煙露堅持光景

哀策文

昭明太子哀策文

蜃輅俄軒，龍驂跼步，羽翮前驅，雲旂北御。皇帝哀繼明之寢耀，痛嗣德之殂芳，御武帳而悽慟，臨甲觀而增傷。式稽令典，載揚鴻烈，詔撰德於旌旒，永傳徽於舞綴。其辭曰：

式載明兩，實惟少陽，既稱上嗣，且曰元良。儀天比峻，儷景騰光，奉祀延福，守器傳芳。睿哲膺期，旦暮斯在，外弘莊肅，內含和愷，識洞機深，量苞

瀛海立德不器至功弗宰寬綽居心溫恭成性
循時孝友率由罔斁敬咸有種德惠和齊聖三善
邇宣萬國同慶軒緯掩精陰羲弛位纏哀在疚
殷憂銜恤孺泣無時蔬饘不溢禫遵踰月哀號
未畢寔惟監撫亦嗣郊禋問安肅肅視膳愉愉
金華玉璪玄駟斑輪陪家幹國主祭安民光奉
成務萬機是理矜慎庶獄勤恤關市誠存隱惻
容無愠喜殷勤傅施綢繆恩紀爰初敬業離經
斷句尊爵崇師卑躬待傅寍資導習匪勞審諭

博約是司時敏斯務辯究空微思探幾賾鑽膺圖緯研精爻畫沈吟典禮優遊方冊饜飫膏腴含咀肴核括囊流略包舉藝文遍該緗素殫極丘墳縢帙充積儒墨區分瞻河闡訓望魯揚芬吟詠性靈豈惟薄伎屬詞婉約緣情綺靡字無點竄筆不停紙壯思泉流清瀾雲委總覽時才網羅英茂學窮優洽辭歸繁富或擅談叢或稱文囿四友推德七子慙秀望苑招賢華池愛客託乘同舟連輿接席摛文掞藻飛觴汎醴恩隆

罝醴賞逾賜璧徽風遐被盛業日新仁器非重德輶易遵澤流兆庶福降百神四方慕義天下歸仁雲物告徵祲沴褰象星纏恒耀山頽朽壞靈儀上賓德音長往具僚無蔭諮承安仰嗚呼哀哉皇情卓慇切心纏痛亂嗣長號躃踊增慟慕結親遊悲動氓衆憂若殄邦懼同折楝嗚呼哀哉首夏司開麥秋紀節容衛徒警菁華委絶書幌空張談筵罷設虚饋饛饛孤燈翳翳嗚呼哀哉簡辰請日筮合龜貞幽埏夙啓玄宫獻成

武校齊列文物增明昔遊漳滏賓從無聲今歸郊郭徒御相驚嗚呼哀哉背彝闕以遠徂轜靑門而徐轉指馳道而距前望國都而不踐陵脩阪之威夷邈平原之悠緬驥躁足以酸嘶挽悽鏘而流泫嗚呼哀哉混哀音於簫籟變愁容於天日雖夏木之森陰返寒林之蕭瑟旣將反而復疑如有求而遂失謂天地其無心遽永潛於容質嗚呼哀哉即玄宮之冥漠安神寢之淸閟傳聲華於懋典觀德業於徽諡懸忠貞於日月

附錄

王筠傳

陳姚察

王筠字元禮一字德柔琅琊臨沂人祖僧虔齊司空簡穆公父楫太中大夫筠幼警寤七歲能屬文年十六爲芍藥賦甚美及長淸靜好學與從兄泰齊名陳郡謝覽覽弟舉亦有重譽時人爲之語曰謝有覽舉王有養炬炬是泰養卽筠竝小字也起家中軍臨川王行參軍遷太子舍人除尚書殿中郎王氏過江以來未有居郎署

者或勸逡巡不就筠曰陸平原東南之秀王文度獨步江東吾得比蹤昔人何所多恨乃欣然就職尚書令沈約當世辭宗每見筠文咨嗟吟味以爲不逮也嘗謂筠昔蔡伯喈見王仲宣稱曰王公之孫也吾家書籍悉當相與僕雖不敏請附斯言自謝朓諸賢零落已後平生意好殆將都絶不謂疲暮復逢於君約於郊居宅造閣齋筠爲草木十詠書之於壁皆直寫文詞不加篇題約謂人云此詩指物呈形無假題署約製

郊居賦構思積時猶未都畢乃要鈞示其草鈞讀至雌霓連蜷約撫掌欣抃曰僕嘗恐人呼爲霓次至墜石磓星及冰懸埳而帶坻鈞皆擊節稱贊約曰知音者稀真賞殆絕所以相要政在此數句耳鈞又嘗爲詩呈約約即報書云覽所示詩實爲麗則聲和被紙光影盈字夔牙接響顧有餘慚孔翠群翔豈不多愧古情拙目每佇新奇爛然總至權輿已盡會昌照發蘭揮玉振克諧之義寧比笙簧思力所該一至乎此歎服吟

研周流戀念昔時幼壯頗愛斯文含咀之間倏焉疲暮不及後進誠非一人擅美推能寔歸吾子遲此開日清靚乃申筠爲文能壓強韻每公宴並作辭必妍美約常從容啓高祖曰晚來名家唯見王筠獨步累遷太子洗馬中舍人並掌東宫管記昭明太子愛文學士常與筠及劉孝綽陸倕到洽殷芸等遊宴玄圃太子獨執筠袖撫孝綽肩而言曰所謂左把浮丘袖右拍洪厓肩其見重如此筠又與殷芸以方雅見禮焉

爲丹陽尹丞北中郎諮議參軍遷中書郎奉敕製開善寺寶誌大師碑文詞甚麗逸又敕撰中書表奏三十卷及所上賦頌都爲一集俄兼寧遠湘東王長史行府國郡事除太子家令復掌管記普通元年以母憂去職筠有孝性毁瘠過禮服闋後疾廢久之六年除尚書吏部郎遷太子中庶子領羽林監又改領步兵中大通二年遷司徒左長史三年昭明太子薨敕爲哀策文復見嗟賞尋出爲貞威將軍臨海太守在郡被

訟不調累年大同初起爲雲麾豫章王長史遷祕書監五年除太府卿明年遷度支尚書中大同元年出爲明威將軍永嘉太守以疾固辭徙爲光祿大夫俄遷雲旗將軍司徒左長史太清二年侯景寇逼筠時不入城明年太宗即位爲太子詹事筠舊宅先爲賊所焚乃寓居國子祭酒蕭子雲宅夜忽有盜攻之驚懼墜井卒時年六十九家人十餘人同遇害筠狀貌寢小長不滿六尺性弘厚不以藝能高人而少擅才名與

劉孝綽見重當世鈞自撰其文章以一官爲一
集自洗馬中書中庶子吏部佐臨海太府各十
卷尚書三十卷凡一百卷行於世

王筠傳

唐李延壽

筠字元禮，一字德柔，幼而警悟，七歲能屬文。年十六，爲芍藥賦，其辭甚美。及長，清靜好學，與從兄泰齊名。沈約見筠，以爲似外祖袁粲，謂僕射張稷曰：王郎非唯額類袁公，風韻都欲相似。稷曰：袁公見人輒矜嚴，王郎見人必娛笑，惟此一條不能酷似。仕爲尚書殿中郎。王氏過江以來，未有居郎署，或勸不就。筠曰：陸平原東南之秀，王文度獨步江東，吾得比蹤昔人，何所多恨。乃欣然就職沈約每見筠文咨嗟嘗謂曰昔蔡伯喈見王仲宣稱曰王公之孫吾家書籍悉當相與僕雖不敏請附斯言自謝朓諸賢零落平生意好殆絶不謂疲暮復逢於君約於郊居宅閣齋請筠爲草木十詠書之壁皆直寫文辭不加篇題約謂人曰此詩指物呈形無假題署約製郊居賦構思積時猶未都畢示筠草筠讀至雌霓五的反連蜷約撫掌欣抃曰僕常恐人呼爲霓五兮反次至墜石磓星及冰懸埳而帶坻筠皆擊

節稱贊約曰知音者希真賞殆絶所以相要政
在此數句耳筠又嘗爲詩呈約約即報書歎詠
以爲後進擅美筠又能用强韻每公宴並作辭
必妍靡約嘗啓上言晚來名家無先筠者又於
御筵謂王志曰賢弟子文章之美可謂後來獨
步謝朓常見語云好詩圓美流轉如彈丸近見
其數首方知此言爲實累遷太子洗馬中舍人
並掌東宮管記昭明太子愛文學士常與筠及
劉孝綽陸倕到洽殷鈞等遊宴玄圃太子獨執

筠袖撫孝綽肩曰所謂左把浮丘袖右拍洪崖肩其見重如此筠又與殷鈞以方雅見禮後爲中書郎奉敕製開善寺寶誌法師碑文辭甚麗逸又敕撰中書表奏三十卷及所上賦頌都爲一集後爲太子家令復掌管記普通元年以母憂去職筠有孝性毁瘠過禮大通二年爲司徒左長史三年昭明太子薨敕製哀策文復見嗟賞尋出爲臨海太守在郡侵刻還資有芒屩兩舫他物稱是爲有司奏不調累年後歷祕書監

太府卿度支尚書司徒左長史及衛文郎位歷太子詹事籍家累千金性儉嗇外服麤弊所乘牛嘗飼以青草及遇亂舊宅先爲賊焚乃寓居國子祭酒蕭子雲宅夜忽有盜攻懼墜井卒時年六十九家人十二口同遇害人棄尸積於空井中籍狀貌寢小長不滿六尺性弘厚不以藝能高人而少擅才名與劉孝綽見重當時籍自撰其文章以一官爲一集自洗馬中書中庶吏部左佐臨海太府各十卷尚書三十卷凡一百

王詹事集 卷 附錄 十

卷行於世

酬王洗馬蕭新浦二首　梁吳均

始可結交者文酒滿金壺圍碁帝臺局繫馬秦
王蒲長劒皆王具短笛悉銀塗送歸日愁滿罌
客袂紛吾今成桓山上秋風星散烏
思君出江湄悵慨臨長薄獨對東風酒誰舉指
南酌系蘭白帶飛青鳥紫纓絡一年流淚同萬
里相思各胡爲含膽去故人在宛洛

答王筠早朝守建陽門開　陳江總

金兎猶懸魄銅龍欲啓扉三條息行火百雉照

初暉御溝槐影出仙掌露光晞闕

遺事

王筠好弄葫蘆，每吟詠則注水於葫蘆，傾已復注，若擲之於地，則詩成矣。詩源指訣

王筠至莊嚴寺，寶誌遇之，與交言歡飲，及誌亡，敕筠爲碑。

集評

王筠詩如彈丸脫手 沈約

王筠詠行路難云裲襠雙心共一袜袙腹兩邊作八撮襻帶雖安不忍縫開孔纔穿猶未達胸前却月兩相連本照君心不照天敘裁衣曲折纖微如出縫婦之口可謂細密矣 詩話補遺

王筠行路難從憂苦中釀出一段精細從深密中發出一片風趣其巧妙微透處鮑參軍不暇然亦不必若吳均則直不能矣此三人之大較

王詹事集　附錄　一

也　詩歸

金陵全書

丁編·文獻類

王司空集

（北周）王褒　撰

南京出版社
南京出版傳媒集團

提要

《王司空集》一卷，北周王褒撰。

王褒（約五一二—五七五），字子淵，琅琊臨沂（今山東臨沂）人，南北朝時期著名文學家，東晋宰相王導之後，曾祖王儉、祖王騫、父王規，皆名重一時。初仕於梁，弱冠時，舉秀才，除秘書郎，太子舍人，以父憂去職。後襲封南昌侯，除武昌王文學，兼東宫管記，遷司徒屬等，不久即出爲安成内史。大寶二年（五五一），赴江陵，任忠武將軍、南平内史，旋遷吏部尚書、侍中。承聖三年（五五四），西魏將于謹攻破江陵，王褒被俘入北，遂仕於北周，初任車騎大將軍、儀同三司。孝閔帝時封石泉縣子，邑三百户。世宗即位，加開府儀同三司。保定中，除内史中大夫，後出爲宜州刺史，卒於位，年六十四。事跡詳見《梁書·王規附子褒傳》《周書·王褒傳》。

王褒詩文，原有集傳世。《隋書·經籍志》著録有二十一卷，新舊《唐書》亦有著録（《舊唐書·經籍志》著録有三十卷；《新唐書·藝文志》著録有二十卷）。宋以後，不見史傳記載，其集已散佚不存。今所見王褒作品集，都是明人從《初學記》《文苑英華》等類書中收輯而成的。馮惟訥《詩紀》輯其詩四十九首，梅鼎祚《後周文紀》輯其文二十篇，後張溥在此二家與張燮《七十二家集》基礎上輯成《王司空集》，載於《漢魏六朝百三名家集》卷一百十三。《王司空集》包括詔、表、啓、書、序、箴、銘、碑、祭文、文、樂府、詩并附録本傳，計有詩四十九首，與《詩紀》同；文二十六篇，較《後周文紀》多出八篇（《後周文紀》中亦有兩篇爲《王司空集》所無）。張溥所輯《王司空集》，爲王褒作品自散佚後整理出的第一個全輯本，使我們得以窺見現存王褒作品的『全貌』。

王褒與同仕於北周的庾信并有文名，他們處在文運轉變的特殊時期，又都有由南入北的人生經歷，遂在文學發展史上起到了一定的積極作用，具體而言，就是既融合了南北文風，又開啓了唐音的先聲。可惜的是，王褒的詩文湮没已久，自隋唐以降，他的作品僅有少數詩文被録入諸類書中。没有了作品的流傳，所謂評價或影響，都是無從説起的。相比之下，庾信詩文的研究就繁盛多了。庾信後期作品中『鄉關之思』這一創作主題，《周書·王褒庾信論傳》

中也已指明。其實，『鄉關之思』同樣也是王褒詩文的創作主題，這一點，直到明代，才在張溥爲《王司空集》撰寫的題辭裏予以指出：『王子淵羈跡宇文，寵班朝右，及周汝南自陳來聘，贈詩致書，漢節楚冠，凄凉在念。』又言：『覽九仙，懷五岳，有飄摇遺世之感。蓋外縻周爵，而情切土風，流離寄嘆，亦徐孝穆之報尹義尚，庾子山之《哀江南》也。』又末云：『今觀子淵詩文，多《燕歌》類也。建章樓閣，長安陵樹，傷心久矣。』張溥把王褒的詩文直接比之於『庾子山之《哀江南》』，就是看到了二者在創作主題上的共性。然而，可以説若没有《王司空集》這一輯本的出現，對於王褒的詩文是很難形成整體印象的，更遑論進行深入研究了。

需要指出的是，《王司空集》雖有『開闢』之功，不足之處亦在所難免，除一些字詞的隨意增改外，還有漏收、誤收等情況。清嚴可均《全上古三代秦漢三國六朝文》所收王褒文，在《王司空集》及《後周文紀》的基礎上，增加《爲庫狄峙致仕表》一篇，而删去周武帝詔令三篇，嚴氏云：『褒傳：「建德已後，凡大詔册，皆令褒具草。」張溥據之，以建德元年（五七二）三月癸亥詔、三年二月乙卯詔、六月戊午詔凡三首，編入褒集。然建德詔見存三十二首，而張溥僅取三首，何所據乎？今以建德詔編入武帝文。』逯欽立《先秦漢魏晋南北朝詩》中則以《詩紀》《漢魏六朝百三名家集》爲參照，删去二者誤收的梁代王筠的作品《陌上桑》，因之較張溥輯本少了一首。又據今人牛貴琥查考，前面諸家均收的《關山篇》一首，實爲《樂府詩集》《文苑英華》中所載王訓《度關山》中的一小段；《後周文紀》所收之《白帖》所載《論》一篇，乃漢代作家王褒《聖主得臣頌》的一小段。故此，今存王褒作品可確定者，有詩四十七首，文二十五篇。上述前人的研究成果，是我們在閱讀和利用《王司空集》時應當加以注意的。

輯有《王司空集》之《漢魏六朝百三名家集》有明張氏刻本及清光緒壽考堂、信述堂、章經濟堂、翰墨山房刻本等。《金陵全書》收録的《王司空集》以南京圖書館藏清光緒五年（一八七九）信述堂《漢魏六朝百三名家集》刻本爲底本原大影印出版。

曹淵

王司空集

後周王司空集題詞

王子淵羈迹宇文，寵班朝右，及周汝南自陳來聘，贈詩致書，漢節楚冠，凄凉在念，又言覽九仙，懷五嶽，有飄遥遺世之感。蓋外縻周爵，而情切土風，流離寄歎，亦徐孝穆之報尹義尚，庾子山之哀江南也瑯琊世胄文學名位照耀江左子淵又以蕭祭酒姻戚聲華萼跗遂至王女下降國嫡用賓梁元削亂召列台端遭逢人地莫居其前然荊郢定都匡諫不力圍城督戎敗北隨降總文武之任蹈臣虜之

譏末流不振賢者猶然昔曾祖仲寶
劉宋國戚販附蕭齊士林交貶子淵
委蛇乃其門風幸不至賣國耳周朝
著作王庾齊稱其麗密相近而子淵
微弱平日作燕歌行能盡塞北苦寒
梁朝君臣競和其詞竟成符讖今觀

子淵詩文多燕歌類也建章樓閣長安陵樹傷心久矣

婁東張溥題

王司空集卷全目錄

祭文

文

入塞

關山月

長安道

陌上桑

明君詞

遊俠篇

古曲

高句麗

燕歌行

詩

附錄

王司空集卷全目錄　終

王司空集卷全

周瑯琊王　褒著
明太倉張　溥閲

詔

赦詔

民生而靜，純懿之性本均，感物而遷，嗜欲之情斯起。雖復雲鳥殊世，文質異時，莫不限以隄防，示之禁令。朕君臨萬寓，覆養黎元，思振頽綱，納之軌式。比因人有犯，與衆棄之，所在羣官，有懲過者、咸聽首露、莫不輕重畢陳、纖毫無隱、斯則風行草偃、從化無違、導德齊禮、庶幾可致、但上失其道、有自來矣、夌夷之弊、反本無由、宜加蕩滌、與民更始、可大赦天下

省徵發詔

民亦勞止。則星動于天。作事不時。則石言于國。故知爲政欲靜、靜在甯民、爲治欲安、安在息役、頃興造無度、徵發不已、加以頻歲師旅、農畝廢業、去秋灾蝗、年穀不登、民有散亡、家空杼軸、朕

每旦恭巳夕惕兢懷。自今正調以外無妄徵發。庶時殷俗阜稱朕意焉。

立通道觀詔

至道弘深混成無際體包空有理極幽玄但歧路既分派源逾遠淳離朴散形氣斯乖遂使三墨八儒。朱紫交競。九流七略。異說相騰。道隱小成。其來舊矣。不有會歸。爭驅靡息。今可立通道觀。聖哲微言先賢典訓。金科玉篆。秘蹟玄文。所以濟養黎元。扶成教義者。竝宜弘闡一以貫之。

俾夫翫培塿者識嵩岱之崇崛、守磧礫者悟渤澥之泓澄、不亦可乎

表

百寮請立皇太子表

臣聞洊雷居震，春方應守器之禮；明兩作離，少陽纂重暉之業。是以三善昭德，載祀之祚克隆；一人元良，貞國之基永固。至于軒轅得姓，高陽才子，上嗣仡賢，前星虛位。曾國公斌親居元子，屬當儲貳，具寮仰則，列辟式瞻。臣等參議，請立爲皇太子，事隆監撫，教資審諭，問安寢門，視膳天幄。

上祥瑞表

明王孝治、岳瀆所以效靈、至人澤及、風雲以之懸感、是以若霧非霧、天道叶至德之符、似煙非煙、觸石表嘉祥之氣、玄黄蕭索之煇、丹紫輪囷之狀、豈止唐帝沉璧、氣合金方。姬后望河。形如車蓋。

上新定鐘表

萬物生象、始乎算數、天道運行、基乎步術、量有輕重、平以權衡、音有清濁、協乎律呂、是以周發聽聲候春冬之生殺，師曠吹律，知晉楚之衰亡。數始黃鍾，瑲終仲呂，還宮變徵，參天兩地，三分損益，絫黍相乘，四時發歛，忽微斯測。皇帝治歷明時，推元受命，八音七始之奏，五聲六律之和，斟酌繁簡，分析節度，准之以升斛，正之以權衡，稽之以古今，覈之以經傳。

啓

謝賚馬啓

邊城無草。來自東南。塞外饒沙。經從西北。漢時樂府偏愛權奇。晉世桑門。特憐神駿。黄金作勒足度西河。白玉爲鐙。方傳南國。儻逢漢帝。仍駕鼓車。若值魏王。應驚香氣。

謝賚絹啓

似逐安車之徵如輕殿中之對臣善識山川應圖方丈脫能臨水必不棄書

書

寄梁處士周弘讓書

嗣宗窮途、楊朱歧路、征蓬長逝、流水不歸、舒慘殊方、炎涼異節、木皮春厚、桂樹冬榮、想攝衛惟宜、動靜多豫、賢兄入關、敬承款曲、猶依杜陵之水。尚保池陽之田。鏟跡幽蹊、銷聲窮谷。何其愉樂。幸甚幸甚、弟昔因多疾、亟覽九仙之方、晚涉世途、常懷五嶽之舉、同夫關吏。物色異人。譬彼客卿。服膺高士。上經說道、屢聽玄牝之談、中藥

養神、每禀丹砂之説、頃年事遒盡、容髮衰謝、芸
其黄矣、零落無時、還念生涯、繁憂總集、視陰愒
日、猶趙孟之徂年。負杖行吟、同劉琨之積慘。河
陽北臨、空思鞏縣。霸陵南望、還見長安。所冀書
生之魂、來依舊壤。射聲之鬼、無恨他鄉。白雲在
天、長離別矣、會見之期、邈無日矣、援筆攬紙、龍
鍾横集。

序

象經序

一曰天文，以觀其象，天日月星是也；二曰地理，以法其形，地水火金木土是也；三曰陰陽，以順其本，陽數爲先，本于天，陰數爲後，本于地是也；四曰四時，以正其序，東方之色青，其餘三色例皆如之，是也；五曰算數，以通其變，俯仰則爲天地日月星，變通則爲水火金木土是也；六曰律呂，以宣其氣，在子取未，在午取丑是也；七曰八封以定其位、至震取兌、至離取坎是也、八曰忠孝以惇其教、出則盡忠、入則盡孝是也、九曰君臣以事其禮、不可以貴凌賤、直而爲曲、不可以卑藝尊、隱而無犯是也、十曰文武以成其務、武論七德、文表四教是也、十一曰禮義以制其則居上不驕爲下盡敬進退有度、可法是也、十二曰觀德以考其行、定而後求、義而後取、時而後言、樂然後笑是也、或升進以報德、義取遷善、或黜退以貶過、事在懲惡、或以沈審爲貴正其贍

視或以徇齊爲功、明其糾察得失表于隆替在
賤必申、息敬彰于勸沮處尊思屈、片言崇于拱
璧、一德踰于華袞、

箴

皇太子箴有序

臣聞教化爰始，詠歌不足，政俗旣移，風雅斯變。伏惟皇明御宇，功均造物，改文爲質，斲雕成素。皇太子洊雷居震，明兩作離，春夏干戈，秋冬羽籥，叔譽懃五稱之對，師曠降四馬之恩。竊以太史官箴，虞書所誡，永樹芳烈。丞相所以垂文，漢覩安危。太傅以之陳訓，敢自斯義，獻箴云爾。

天生蒸民，司牧斯樹，咸熙庶績，式昭王度，惠民垂統元良，繼體麗止。離暉惟機，天啓令問，令望聞詩聞禮。從曰撫軍，守曰監國。秋坊通夢，春宮養德。桓榮獻書，荀攸觀則。元子爲士，齒卿命秩。朝服寢門，迴車作室。正陽君位，喬枝父道。臣子所崇，忠孝爲寶。勿謂居尊，禍福無門。勿謂親賢，王道無偏。無爲慮始，無爲事先。損之又損，全之亦全。無往不復，無平不陂。美疢甘言，鮮不爲累。則哲惟難，知人未易。居室爲善，分陰無棄。亡保其存，危安其位。神聽不惑，天妖斯忌。文昌著于

前星、秬鬯由于守器、庶僚司箴、敢告閽寺、

銘

漏刻銘 有序

竊以混元開闢、天廻地旋、歷象運行、暑來寒徃二分同道烏靈正其昏夕兩至相遇表圭測其長短雖則晦朔先後。失于公羊之說。次舍盈縮惑于邱明之傳。至乎出卯入酉、黃道青綠、季孟相推、啓閉從序、挈壺掌分數之令太史陳立成之法、軍將以之懸井壺郎以之超奏百王垂訓千祀餘烈者焉、銘曰玄儀西運，逝水東流，甘川浴日，深壑藏舟。測茲秘象，是曰神謀，正震治歷，下武惟周。忽微以則，積空成數，圭表弗差，光陰斯赴。箭水無絕，靈虬長注，徑寸日輪，四分天度。器遵昔典，景移新刻，荆山既鐫，昆吾且勒。以福眉壽，百王垂則。

四瀆祠碑銘

靈祠嶽立、貝闕雲浮、寂寥詭怪、髣髴神遊、姬巖分國、河渭合流、桃花春水、靈草孤洲、潼鄉河曲汾陰脽壤、亂流不度、龍門難上、河魚送迎。江妃來往。水開通跡、山臨高掌、智以藏往、神以知來榮光離合、雲氣徘徊、水仙遺操、津吏餘杯、波息川后、浪靖瞻臺、

碑

上庸公陸騰勒功碑

在昔洞庭彭蠡，三苗有遠竄之君；太室陽城，九州無同姓之國。是知周衛設險，所務非山川；河岳作固，所寶惟休德。至于三峽蹇產，九折峥嵘，高峰尋雲，深谷無景，秦開漢閉，雖阻荷戟之虞；巍塞晉通，終因束馬之利。我大周開闢宇宙，混同文軌，御六氣于天樞，頓八紘于地絡，彭濮未恭，邛筰不討，外憑劍道之難，内負銅梁之阨，大將軍上庸公，仗國威靈，奉辭伐罪，長戟萬隊，巨艦千舳，板楯酋豪，斯褕君長，歷稔逋寇，累代稽誅，廓清江源，蕩滌巴濮，若夫荆門千里，蜀置永安之宫，巴水三迴，吳阻夷陵之縣，巫峽使君之灘，淪波洽設，建平督郵之道，棧徑威紆，路阻蠻陬，途横夷落，擅强專險，輕法侮史，天子爰詔有司，公奉天討，星言載塗，指日遄邁，册授公大將軍，信州刺史，韓信召拜軍中，致設壇之禮，衛青出征臨河，聞後距之令，夫鐘鼎大禮之器，昭德

必書、金石不朽之質、庸勳斯樹、某等乃建碑于某地、敢作頌云、

遐觀命氏、眇求世祿、龍圖紀河、鴻漸于陸、霸楚傳姓、命吳啓族、君子篤生、降靈惟岳、朝陽擢彩荆山曜璞、巴庸自擅、彭濮稱王、南泊僰道、西通夜郎、内憑玉壘、外阻銅梁、介視荒服、斗絶邊疆赫赫南仲、堂堂方叔、天子命我、遐征越逐竇氏車騎、去病冠軍、封山刋石、鐫銘刻勳、遠隔年代、懸感風雲、盛德必祀、千載斯文、

靈壇碑

悠悠五緯、乃欽若於堯典、茫茫九州、是致功于禹跡、猶以天步懸遠、隸首算而弗窮、地載遐荒、章亥馳而未極、浩庭霄度、吐納天和、崑閬滄溟、胞胎元一、九靈之府、神液所以降祥、五英之闕、蓂華以之昭應、推劫運之短長、校河源之廣狹、谷永上書譬流風之不繫桓譚作論明弱水之難航、豈知迴天金簡、惟傳上聖、洞神玉策、尚隔中仙、于時金風戒辰、三光澄曜、香雨乘空、天入室帝乃升法座，說玄言，看覆洞微，闡揚衆妙，洪鐘應叩，衢樽待酌。銘曰：

鐘鳴上界，梵響玄宮。紫辰濯水，青樹搖風。八覺修行，七教弘通。神機詣理，秋毫坼空。函席廣開，法輪徐轉。入神精義，談天勝辨。逐境晦明，逗機深淺。或照盛業，方圓雲篆。

又

雲橋啓館，景曜開扉。明庭朝禮，僊館羽衣。鶩履霄去，梟鳥晨歸。鍊石三轉，燒丹七飛。昆吾陶鑄

丹陽鋈銑畫寫龍文圖開雕篆聲隨地氣調均
天辯九宮方應萬靈稱善

京師突厥寺碑

夫六合之内存乎方册四天之下聞諸象教百
億閻浮塵沙算而不盡三千日月世界數而無
邊至於周星夕隕漢宫夜夢身高梵世力藏須
彌應現十方分身百佛上極天中下窮地際轉
法輪於稔國留妙象於罽賓至於善見神通瓶
沙瑞相波斯鑄金優填雕木莫不歸依等覺迴

向佛乘棄形骸而入道捨國城而離俗突厥大伊尼温木汗夏后餘基惟天所置威加窮髮兵歷無華小大當戶左右賢王麟膠角觸之弓鷙羽射鵰之箭跨葱嶺之酋豪靡不從化踰天山之君長咸皆賓屬人敦信契國寶親鄰太祖文皇帝道被寰中化覃無外提群品于萬福濟蒼生于六道大冢宰晉國公功高寅亮位隆光輔命司空而度地監匠人而置臬帶二條之逸陌面九市之通鄽圖木緹錦雕楹礱容香隨微雨

自灑風塵幡雜天花常調絲竹四禪　患淨界
無毀六珠芬盡法身常住銘曰
七華妙覺三空勝境意樹已彫心猿斯靜靈城
偃色空衣滅影索隱窮源振衣提領

善行寺碑

蓋聞在天成象群星仰于北辰在地成形百川
起於東海是知璿璣盈縮並運天樞江漢所宗
爭環地軸塵沙日月同渤澥之輪迴百億鐵圍
等閻浮之數量章亥步驟豈盡世界之邊隸首

忽微宵窮、切海之算、象牛觝力、方十行之階梯、兔馬渡河、譬三乘之等級、定木壞須彌之山、智炬然金剛之剎、敬表六和、現沙門之進止、永垂四教、示聲聞之律儀、至於千疊火然、鶖林變色。四禪災起、鴿影傳輝。羽林出使、漢開濯龍之祀、桑門傳譯、晉虔洛陽之拜。

溫湯碑

原夫二儀開闢、雷風以之通響、五材運行、水火因而並用、炎上作苦、旣麗純陽之德、潤下作鹹且恊凝陰之度、至於遷陵熱谿。沉魚涌浪。炎洲燒地。穴鼠含煙。火井飛泉。垂天遠扇。焦源沸水。衝流迸集。甘州浴日。跳波邁椒邱之野。湯谷揚濤。激水疾龍門之箭。故以地伏流黃、神泉愈疾、云云。其銘曰。

挺此温谷、驪岳之陰、白礬上徹、丹砂下沉、華清駐老、飛流瑩心、谷神不死、川德愈深、

周太傅燕文公于謹墓碑

古者六等官人、師傅崇其匡輔、一命作牧、侯伯

總其專征南仲成薄伐之功吉甫作來歸之頌若乃仰叶宸曜上屬台階錫之以彝器明之以車服隆名盛業太傅燕國公其有焉西曬開其命緒東海傳其世祿父曾致平法之科廷尉稱無寃之頌駟馬方駕高門繼軌公禀山岳之上靈含風雲之秀氣雕良玉於廉劌鍊貞金于鋈于時王業締構國步權輿太祖地雖二分功猶再駕忠誠簡帝有志興王公運策帷帳參謀幕府封齊定文成之計間楚資曲逆之奇仲華

訪輿地之圖，林叔黎兵車之右。魏恭帝元年爲大司寇，正刑糾慝，國無害馬之倫，覈暴詰姦，民亡飲羊之俗，三刺薦無簡之文，兩造陳禁邪之憲。大周受命，寶歷攸歸，表高惠之功臣，紀山河之著命，封燕公，邑萬戶。姬氏建國，君奭始封；昭王禮賢，郭隗開館。又授太傅，本官如先，保定五年，賜金石樂一部，公世爲邊將，少習兵書，當敵制機，臨戎應變，增壘減竈之圖，題樹繫桑之略。軍中罷戰，無廢雅歌，壯士志驕，時觀投石，及乎名高衛霍，爵重韓彭，錫邑增于鄭僑，賜乘同于魏絳。丹節比司隸之貴，緹騎將金吾之寵。座闕倡歌之娛，堂無鐘鼓之奏，辭功坐樹，不伐征西之勳。還第角巾，無競龍驤之賞。銘曰：

惟岳降神，膺期命世，量苞川藪，道弘兼濟，昴宿協符，佐旌冥契，匪躬諒直，武節横厲，函崤重險，鐘罔淪覆，潛龍勿用，瞻烏在屋，道贊上台，功匡下瀆，條教斯理，彝倫載睦，懋官惟德，明試以功，既移上將，實董元戎，傳呼甚寵，徽章載隆，居高能降、處貴思冲、寶命惟新、王猷允塞、爵班異姓、禮均同德、林胡以南、易州之北、帝曰爾諧、俾侯燕國、駸駸過隙、滔滔逝川、明哲詎寶、館舍長捐、立言不没、遺愛在旟、三河斥上、駟馬開泉、丹旐毀宗、玄堂啓殯、寵贈虛加、鸞和空引、晏子悼齊、隋武懷晋、謂天蓋高、如何不憖、

周太保尉遲綱墓碑

昔者王室藩屏、周德謂之宗親、列國諸侯、異姓稱爲伯舅、元勳懿德、姬崇齊楚之封、疏爵疇庸

漢重韓吳之秩，司勳載其弘烈、典册備其巖章
山甫式列辟之功。紀迹廟器。莊叔匡成獻之難
昭德彝鼎鴻名盛業、公實兼焉、公命世挺生、應
期間出、嵩華峻極、降維嶽之上靈、霜露所均、體
中和之秀氣、危松擢本、且觀後彫之質、貞桂挺
生、便體冬華之秀、是故以辰昴膺慶、風雲立感
者焉、公柔順内凝、英華外發、芥藻仁義、珪璋令
範、危勁之節、冠四序而踰秀、堅貞之操、經百鍊
而不銷、加以達門射法、遠中戟支。養由箭神。遙

穿懸葉。巧極將軍之伎。精窮校尉之官。及年踰
艾服、任隆台衮、甲第當衢、傳呼啓路、不以寵貴
驕人、每以卑恭自牧、易簀之言、無忘寢瘵城郢
之志、終于瞑目、銘曰、
珠角應期、山廷表德、出忠入孝、自家刑國、人物
冠冕、彜章表則、任屬屯警、官聯極侍、行部六條
議班三吏、逝水詎停、光陰不借、遽辭逆旅、俄悲
怛化、旌舒夏練、棺陳衞幕、北郭入稀、西山景落
三千不見、九原誰作、銘兹鼎彝、永傳嵩霍、

太子太保中都公陸暹碑銘

公本居三吳郡三吳縣，丞相遜後也。宋武匡定鍾鼎，底平涵洛，公曾祖載寶贊軍謀，及返旆南轅，以司武留守。赫連作亂，見拘夏州，以江右名家爲中山太守。地既鮮虞，途通靈壽，呼沲易水，仗武乘邊。趙北燕南，申威河外，祖營州使君長於戎馬，稱雄朔漠，南中都督，猶纘奕世之基。西校國門，無墜承家之業。公識度深詳，標尚閑遠，處衆撝謙，居簡行敬，風鑒外明，潛機内敏，建章門戶張華立成原陵松栢虞延盡記昔處文房又居内職或傳氷華時遊甲邸魏祖軍謀還豫南陂之宴梁王師傅猶對宣室之談出内優隆通籍榮寵升降榮步便頌宮禁銘曰

淮海惟揚具區之藪水朝江漢星纏牛斗盛德遺風神明厥後龍章八命鸞旂四牡賓階昔遇風月相思卿門今别宿草何悲輪環不已零落無時永矣元伯長從此辭

故陝州刺史馮章碑

其先陶唐氏之苗裔，堯少子，生而手有馮字，因以爲氏。俾侯于魯。義等房心之地。余與之廣。事符河汾之邑。使君禀靈河嶽，比德璁珩，閨門和美，譽聖開宗，握文命氏，濁水北流，秦關東徙，巖險襟帶，山河枕倚，陸離組甲，從容青紫，

祭文

爲梁元帝祭王僧辯母貞敬太夫人文

維爾世基武子、族懋陽元、金相比映、玉德齊温、既稱女則、兼循婦言、書圖鏡覽、辭章討論、教貽俎豆、訓及平原、楚發將兵、孟軻成德、盡忠資敬、自家刑國、顯允其儀、惟民之則、爰命師旅、既修我戎、補兹袞職、奄有龜蒙、毋由子貴、亶爾斯崇、嘉命允集、寵章既隆、居高能降、處貴思冲、慶資善始、榮兼令終、崦嵫既久、蒹葭蚤秋、犇駟難返衡濤詎留，背龍門而西顧，過夏首而東浮，越三宮之遐嶽，經三江之派流，鬱鬱增嶺，浮雲蔽虧，滔滔江漢，逝者如斯，銘旌故旐，宇毀遺碑，卽盧册而談，奠想徂魂之有知，嗚呼哀哉，

文

周經藏願文

葢聞九河疏迹，策蘊靈邱，四徹中繩，書藏羣玉，亦有青邱紫府，三皇刻石之文，綠檢黃繩，六甲靈飛之字，豈若如來秘藏，譬彼明珠，諸佛所師，同夫淨鏡，鹿苑四諦之法，尼園八犍之文，香山巨力，豈云能負，以，歲在昭陽，龍集天井，奉爲云云，奉造一切經藏，始乎生滅之教，訖于泥洹之說，論議希有，短偈長行，青首銀函，玄文玉匣，陵陽餌藥、止觀仙宗、關尹望氣、裁受玄言、未有龍樹利根、看題不偏、斯陀淺行、同座未聞、盡天竺之音、窮貝多之葉、灰分八國。文徙罽賓、石盡六銖。書還大海。仰願過去神靈、乘茲道力、得無生忍、具足威儀。又願國祚遐長、臣民休慶、四方內附、萬福現前、六趣怨親、同登正覺、

幼訓

陶士行曰、昔大禹不希尺璧而重寸陰、文士何不誦書、武士何不馬射、若乃立冬修夜、朱明永日、肅其居處、崇其牆仞、門無糅雜、坐闕號呶、以之求學、則仲尼之門人也、以之爲文、則賈生之升堂也、古者盤盂有銘、几杖有誡、進退循焉、俯仰觀焉、文王之詩曰、靡不有初、鮮克有終、立身行道、終始若一、造次必於是、君子之言歟、儒家則尊卑等差、吉凶降殺、君南面而臣北面、天地義也、鼎俎奇而籩豆偶、陰陽之義也、道家則隳支體、黜聰明、棄義絕仁、離形去智、釋氏之義見苦斷習、證滅循道、明因辨果、偶凡成聖、斯雖爲教等差、而義歸汲引、吾始乎幼學、及于知命、既崇周孔之教、兼循老釋之談、江左以來、斯業不墜、汝能修之、吾之志也

樂府

關山篇 以下五言

從軍出隴坂驅馬度關山關山恒掩藹高峯白雲外遥望秦川水千里長如帶好勇自秦中意氣多豪雄少年便習戰十四巳從戎遼水深難渡榆關斷未通

從軍行二首

兵書久閑習征戰數曾經講戎平樂觀學戲作一覽劒羽林亭西征度疎勒東驅出井陘牧馬濵長

渭營軍壽上涇平雲如陣色半月類城形羽書封信璽詔使動流星對岸流沙白緣河柳色青將幕恒臨斗旌門常背邢勳封瀚海石功勒燕然銘兵勢因麾下軍圖送掖庭誰憐下玉筯向暮掩金屏

黃河流水急驄馬遠征人谷望河陽縣橋渡小平津年少多遊俠結客好輕身代風愁櫪馬胡霜宜角筋羽書勞警急邊戟倦苦辛康居因漢使盧龍稱魏臣荒戍唯看柳邊城不識春男兒

重意氣無爲羞賤貧、

長安有狹邪行

咸一作逶紆狹邪道、車騎動相喧博徒稱劇孟。遊俠號王孫勢傾魏侯府。交盡翟公門。路邪勞夾轂。塗狹倦折轅、日斜宜曲觀。春還御宿園。塗歌楊柳曲。巷飲榴花樽。獨有遊梁倦。一作客還守孝文園。

飲馬長城窟

北走長安道征騎每經過戰垣臨八陣旌門對

兩和屯兵戍隴北飲馬傍城阿雪深無復道水合不生波塵飛連陣聚沙平騎跡多昏昏壠坻月耿耿霧中河羽林猶角觝將軍尚雅歌臨戎常拔劒巖險屢提戈秋風鳴馬首薄暮欲如何

輕舉篇

天地能長久神仙壽不窮白玉東華檢方諸西岳童俄瞻少海北暫別扶桑東俯觀雲似蓋低望月如弓看碁城邑改辭家墟巷空流珠餘舊竈種杏發新叢酒釀瀛洲玉劒鑄昆吾銅誰能

攬六傅還宮訪井公

凌雲臺

高臺懸百尺中夕殊未窮北臨酸棗寺西眺明光宮城傍抵雙府林裏對相風書題鹿盧牓觀寫飛廉銅牕開神女電粱應美人虹虡捐濫天寵鄭脅特懷忠莊生垂翠釣昭儀拒一作抵鬬熊馳輪有盈缺人道亦汙隆還念西陵舞非復鄴城中

出塞一作塞下曲

飛蓬似征客，千里自長驅。塞禽唯有鴈，關樹但生榆。背山看故壘，繫馬識餘蒲。還因麾下騎，來送月支圖。

入塞

戍久風塵色，勳多意氣豪。建章樓閣迥，長安陵樹高。度氷傷馬骨，經寒墜節旄。行當見天子，無假用錢刀。

關山月

關山月夜明，秋色照孤城。影虧一作半輪同漢陣，輪滿（一作全影）逐胡兵，天寒光轉白，風多暈欲生。寄言亭上吏，遊客解鷄鳴。

長安道

槐衢回北第，馳道度西宮。樹陰連袖色，塵影雜衣風。探桑逢五馬，停車對五童。喧喧許史座，鐘鳴賓未窮。

陌上桑

人傳陌上桑，未曉已含光。重重相蔭映，軟弱自芬芳。秋胡未倚馬，羅敷未滿筐。春蠶朝已老，安

得久徬徨

明君詞

蘭殿辭新寵，椒房餘故情。鴻飛漸南陸，馬首倦西征。寄書參漢使，銜涕望秦城。唯餘馬上曲，猶作出關聲。

遊俠篇 英苑作俠客行

京洛出名謳，豪俠競交遊。河南期四姓，關西謁五侯。鬭鷄橫大道，走馬出長楸。桑陰徙將夕，槐路轉淹畱

古曲一作雜曲

青樓臨大道，遊俠盡一作任淹畱。陳王金被馬，秦女桂爲鈎。馳、輪洛城巷、鬬鷄南陌頭。薄暮風塵起。聊爲清夜遊。

高句麗六言

蕭蕭易水生波、燕趙佳人自多、傾盃覆盌漼漼、垂手奮袖婆娑、不惜黃金用盡、只畏白日蹉跎、

燕歌行七言

初春麗景一作日鶯欲嬌，桃花流水没河橋、薔薇

花開百重葉楊柳拂地數千條隴西將軍號都護樓蘭較尉稱嫖姚自從昔別春燕分經年一去不相聞無復漢地關山月一作長安月唯有漢北薊城雲淮南桂中明月影流黃機上織成文充國行軍屢築營陽史討虜陷平城城下風多能却陣沙中雪淺詎停兵屬國小婦猶年少羽林輕騎數征行遥聞陌頭採桑曲猶勝邊外胡笳聲胡笳向暮使人泣長望一作還使閨中空佇立桃花落地杏花舒桐生井底寒葉踈試爲來看上

林鷹應有遙寄隴頭書

日出東南隅行 以下雜言

曉星西北沒朝日東南隅陽牕臨玉女蓮帳照金鋪鳳樓稱獨立絕世良所無鏡懸四龍網枕畫七星圖銀鏤明光帶金地織成襦調絃大垂手歌曲鳳將雛採桑三市路賣酒七條衢道逢五馬客夾轂來相趨將軍多事勢夫婿好形模高箱照雲母壯馬飾當顱單衣火浣布利劒水精珠自知心所愛仕宦執金吾飛甍彫翡翠玉臺

作翠羽繡角畫屠蘇銀燭附彈映鷄羽黃金步搖動襜褕兄弟五日時來歸高車竟道生光輝名唱兩行堂上起鴛鴦七十階前飛少年任俠輕年月珠九出彈遂難追

牆上難爲趨

昔稱梁孟子兼聞魯孔邱訪政聊爲迹問陳豈相訓末代多僥倖卿相盡經由臺郎百金價台司千萬求當朝少直筆趨代皆曲鈎廷尉十年不得調將軍百戰未封侯夜伏擁門作常伯自

有蒲萄得涼州白璧求善價明珠難暗投高牆不可踐井水自難浮風胡有年歲銛利此吳鈎

詩

九日從駕 以下五言

黃山獵地廣青門官路長律改三秋節氣應九鐘霜曙影初分地暗色始成光高旆長楸坂緹幕杏間堂射馬垂雙帶豐貂佩兩璜苑寒梨樹紫山秋菊葉黃華露霏霏冷輕飆颯颯涼終慙屬車對空假侍中郎

入朝守門開 梁簡文有守東華門開詩

鳳池一作直城通複道，嚴駕早凌晨。鐵符行警曙，銀牖未開闔。塹暗城無影，晴新路不塵。屯兵引畫鍚，騎吹動班輪。徒知仰睿藻，抽殊未未申。

贈周處士

我行無歲月，征馬屢盤桓。峭曲三危岨，關重九折難。猶持漢使節，尚服楚臣冠。巢禽疑上幕，驚羽畏虛彈。飛蓬去不已，客思漸無端。壯志與時歇，生年隨事闌。百齡悲促命，數刻念餘歡。雲生隴底黑桑疎。薊北寒鳥道。無蹊徑清漢有波瀾。
思君化羽翮。要我鑄金丹。

別陸子雲 藝文作別陸才子

解纜出南浦。征棹且淩晨。還看分手處。唯餘送別人。中流搖蓋影。邊江落騎塵。平湖開曙日。細柳發新春。滄波不可望。行雲聊共因。

奉和趙王途中五韻

飄飄映車幕。出沒望連旗。度雲還翊陣。迴風卽送師。峽路沙如月。山峯石似眉。村桃拂紅粉。岸

柳被青絲、錦城遥可望、迴鞍念此時、

和張侍中看臘

上林冬狩返。回中講射歸。還登宣曲觀。更獵黄山圍。嚴冬桑柘慘、寒霜馬騎肥、鞢盧隨兔起、高鷹接雉飛、獨嗟來遠客。辛苦倦邊衣、

和庾司水修渭橋

東流仰天漢、南渡似牽牛、長堤通甬道。飛梁跨造舟。使者開金堰。太守擁河流、廣陵候濤水、荆峽望陽侯、波生從胡舶、沙漲湧新洲、天星識辨

對檢玉應沈鈎空悅浮雲賦、非復採蓮謳

玄圃濬池臨泛奉和

長洲春水滿、臨泛廣川中、石壁如明鏡、飛橋類飲虹、垂楊夾浦綠、新桃緣徑紅、對樓還泊岸、迎波暫守風、漁舟釣欲滿、蓮房採半空、於茲臨北闕、非復坐牆東、

和從弟祐山家二首

採藥名山頂、時節無春冬。散雲非一色、連嵒異衆峯、合沓似無徑、閒關定有蹤、山牕臨絕頂、檐

溜俯危松空林鳴暮雨虛谷應朝鐘仙童時可遇羽客屢相逢若值韓衆藥當御長房龍結交非俗士仙侶自招攜少華隱日月太乙壽虹霓衆林積爲籟圍竹茂成埤幽谷曙無景荒途晝欲迷滴瀝寒泉溜叫嘯秋猿啼白雲帝鄉起神禽丹穴棲箭篠時通境桃李復成蹊今身得其所羣物可令齊

詠鴈

伺潮聞曙響妬隴有春翬豈若雲中鴈秋時塞

外歸河長猶可涉，海濶故難飛。霜多聲轉急，風疎行屢稀。園池若可至，不復怯虞機。

送觀甯侯葬

蒙羽高峻極，淮泗導清源。刑茅廣裂地，跗蕚盛開蕃。紛綸形艤彩，從容瓊玉溫。衝飆搖柏翰，烈火壯曾崑。嶹昔同羈旅，辛苦涉涼暄。觀風方聽樂，垂淚遽傷魂。造舟虛客禮，高閈掩賓垣。桂樹思公子，芳草惜王孫。今晨向郊郭，猶似背轘轅。丹旐書空位，素帳設虛樽。楚琴南操絕，韓詩舊說信西靡傷新樹，東陵惜故園，自憐悲谷影，彌愴一作念玉關門，餘煇盡天末，夕霧擁一作起山根，平原看獨樹，皐亭望列村，寂寥還蓋靜，荒茫歸路昏，挽鐸已流唱，歌童行自喧，聰言千載後，誰將遊九原。

送劉中書葬

昔別傷南浦，今歸去北邙，書生空託夢，久客每思鄉，塞近邊雲黑，塵昏野日黃，陵谷俄遷變，松柏易荒涼，題銘無復迹，何處驗龜長。

別王都官

連翩憫流客、悽愴惜離羣、東西御溝水、南北會稽雲、河橋兩堤絶、橫岐數路分、山川遥不見、懷袖遠相聞、

送別裴儀同

河橋望行旅、長亭送故人、沙飛似軍幕、蓬捲若車輪、邊衣苦霜雪、愁(一作秋)貌損風塵、行路皆兄弟、千里念相親、

渡河北、(詩類選作范雲者非)

秋風吹木葉還似洞庭波常山臨代郡亭障繞黃河心悲異方樂腸斷隴頭歌薄暮臨征馬失道北山阿

詠月贈人

月色當秋夜斜暉映薄帷上絃如半璧初魄似蛾眉渡雲光忽駛中天影更遲高陽懷許椽對此益相思

和殷廷尉歲暮

歲晚悲窮律他鄉念索居寂寞灰心盡摧殘生

意餘產空交道絕財殫密親疎空悲趙壹賦還著虞卿書

看鬭鷄

躞蹀始横行意氣欲相傾妬敵金芒起猜群芥粉生入場疑挑戰逐退似追兵誰知函谷下人去獨開城

彈棊

投壺生電影六博值仙人何如鏡奩上自有拂輕巾隔澗疑將別隴頭如望秦握筆如思賦辭

短竟無陳、

從駕北郊

維皇敬明祀、望拜出河東、地靈開複道、營星發
紫宮、衢街響清蹕、偵候起相風、森沈羽林騎、肅
穆虎賁弓

和趙王隱士

皃鶡均長短、鵬鷃共逍遙、清襟蘊秀氣、虛席滿
風飆、斷絃唯續葛、獨酌止傾瓢、菖蒲九重節、桑
薪七過燒、

始發宿亭

送人亭上別、被馬櫪中嘶、漠漠村烟起、離離嶺樹齊、落星侵曉沒、殘月半山低、闕

山池落照

竹管掩金扉、池光晦晚暉、孤舟隱荷出、輕棹染苔歸、洛禽時侶竄、驚羽忽單飛、闕

詠霧應詔

七條開早陌、五里闇朝氛、帶樓疑海氣、含蓋似浮雲、方從河水上、預奉綠圖文、

入關故人別

百年餘古樹、千里闇黄塵、關山行就近、相看成遠人、

過藏矜道館

松古無年月、鶴去復來歸、石壁藤爲路、山窻雲作屏、

明慶寺石壁

夏水懸臺際、秋泉帶雨餘、石生銘字長、山久谷神虛、

雲居寺高嶺

中峯雲已合，絶頂日猶晴。邑居隨望近，風烟對眼生。

詠定林寺桂樹

歲餘彫晚葉，年至長新圍。月輪三五映，烏生八九飛。

本傳

王襃字子淵琅邪臨沂人也曾祖儉齊侍中太尉南昌文憲公祖騫梁侍中金紫光祿大夫南昌安侯父規梁侍中左民尚書南昌章侯並有重名於江左襃識量淵通志懷沉靜美風儀善談笑博覽史傳尤工屬文梁國子祭酒蕭子雲襃之姑夫也特善草隸襃少以姻戚去來其家遂相模範俄而名亞子雲並見重於世梁武帝喜其才藝遂以弟鄱陽王恢之女妻之起家秘

書郎、轉太子舍人、襲爵南昌縣侯、稍遷秘書丞、宣成王大器、簡文帝之冢嫡、即褒之姑子也。于時盛選僚佐、乃以褒爲文學、尋遷安成郡守、及侯景渡江、建業擾亂、褒輯寧所部、見稱於時、梁元帝承制、轉智武將軍、南平内史、及嗣位於江陵、欲待褒以不次之位、褒時猶在郡、勅王僧辯以禮發遣褒、乃將西上、元帝與褒有舊、相得甚歡、拜侍中、累遷吏部尚書左僕射、褒既世胄名家、文學優贍、當時咸相推挹、故旬月之間、位昇端右。寵遇日隆。而褒愈自謙。虛不以位地矜人。時論稱之。初元帝平侯景及擒武陵王紀之後。以建業彫殘。方須修復。江陵殷盛。便欲安之。又其故府臣寮。皆楚人也。並願即都荆郢。嘗召羣臣議之。領軍將軍胡僧祐。吏部尚書宗懍。太府卿黄羅漢。御史中丞劉瑴等曰。建業雖是舊都。王氣已盡。且與北寇鄰接。止隔一江。若有不虞。悔無及矣。臣等又嘗聞之。荆南之地。有天子氣。今陛下龍飛纘業。其應斯乎。天時人事。徵祥如此臣等所見。遷徙非宜。元帝深以爲然、時褒及尚書周弘正咸侍座、乃顧謂褒等曰、卿意以爲何如、褒性謹慎、知元帝多猜忌、弗敢公言其非、當時唯唯而已、後因清閒密諫、辭甚切、元帝頗納之、然其意好荆楚、已從僧祐等策、明日於衆中謂褒曰、卿昨日勸還建業、不爲無理、褒以宜室之言、豈宜顯之於衆、知其計之不用也、於是止不復言、及大軍征江陵、元帝授褒都督城西諸軍事、褒本以文雅見知、一旦委以總戎、深自勉勵盡忠勤之節被圍之後上下猜懼元帝唯於褒深相委信朱買臣率衆出宜陽之西門與王師戰買臣大敗褒督進不能禁乃貶爲護軍將軍王師攻其外柵城陷褒從元帝入子城猶欲因宗俄而元帝出降褒遂與衆俱出見柱國于謹謹甚禮之褒曾作燕歌行妙盡關塞寒苦之狀元帝及諸文士竝和之而競爲凄切之辭至此方驗焉褒與王克劉瑴宗懔殷不害等數十人俱至長安太祖喜曰昔平吳之利二陸而

已。今定楚之功。羣賢畢至。可謂過之矣。又謂褒及王克曰、吾卽王氏甥也。卿等並吾之舅氏。當以親戚爲情。勿以去鄉介意。於是授褒及克殷不害等車騎大將軍儀同三司、常從容上席、資餼甚厚、褒等亦並荷恩眄、忘其覊旅焉。孝閔帝踐祚、封石泉縣子、邑三百戶、世宗卽位、篤好文學、時褒與庾信才名最高、特加親待。帝每遊宴、命褒等賦詩談論、常在左右、尋加開府儀同三司、保定中除內史中大夫。高祖作象經、令褒注之引據該洽。甚見稱賞、褒有器局、雅識治體、旣累世在江東爲宰輔、高祖亦以此重之、建德以後頗豫朝議、凡大詔册、皆令褒具草。東宮旣建授大子少保、遷小司空、仍掌綸誥、乘輿行幸、褒常侍從、初褒與梁處士汝南周弘讓相善、及弘讓兄弘正自陳來聘、高祖許褒等通親知音問、褒贈弘讓詩、并致書、尋出爲宣州刺史卒於位、時年六十四、子鼒嗣、

王司空集終

王司空集　卷今　四

金陵全書

丁編・文獻類

江令君集

（南朝陳）江總 撰

南京出版傳媒集團
南京出版社

提要

《江令君集》五卷，南朝陳江總撰。

江總（五一九—五九四），字總持，祖籍濟陽郡考城縣（今屬河南）。晋散騎常侍江統之十世孫。曾出任祠部尚書、吏部尚書、尚書僕射、宣惠將軍、尚書令等要職。陳亡後依例入隋，官居上開府，不久以年老求南還，開皇十四年（五九四）卒於江都（今江蘇揚州）。因在陳朝擔任過尚書令，又被稱爲江令君。

在六朝文學史上，江總以文學才能知名，梁武帝蕭衍曾對其《述懷詩》大爲嘆賞，并調任侍郎。其時尚書僕射范陽張纘，度支尚書琅琊王筠，都官尚書南陽劉之遴，皆才學淵博，對其大爲推重，結爲忘年之交。唐人對江總文才亦欣賞有加，韓愈《韶州留别張端公使君》稱：『久欽江總文才妙。』劉禹錫《金陵五題·江令宅》道：『南朝詞臣北朝客，歸來唯見秦淮碧。池臺竹樹三畝餘，至今人道江家宅。』李商隱《南朝》稱：『滿宫學士皆顔色，江令當年衹費才。』

入陳之後，江總成爲圍繞在以陳後主爲核心的文學集團的一位宮體詩作家。作爲『一代辭宗』，雄居陳代詩壇。其現存詩歌，據逯欽立《先秦漢魏晋南北朝詩》輯有樂府三十三首，四言、五言、七言、雜言詩七十首。又據陳尚君、駱玉明補遺三首，共一〇六首。蕭滌非認爲：『總五言詩，在陳世堪推獨步。』除詩歌外，江總也擅長散文的創作，現存文集中包含賦、詔、令、表、章、碑、贊、頌、銘、哀策文、誄、墓志銘等十五種文體形式。江總散文創作皆因體述情，講究詞藻。其贊曲雅、典麗，不傷於華侈、失之輕率。其咏物賦精密細致；其誄文悲哀動人；其碑文情景相融，别有意味。

六朝時期，文學思潮表現爲重娱樂，尚輕艷。在『詩緣情而綺靡，賦體物而瀏亮』（陸機《文賦》）的文學思想倡導下，作家們紛紛追求作品的形式美。梁代如此，陳代更甚，在這種情形下，側艶詩受到了時人追捧。江總生活在這樣一種文學風氣下，其文學創作必然會被打上時代的烙印，他又是陳後主身邊的文學侍從，終日與後主游宴後庭，君臣經常互相酬唱。江總肯定會深受其群體的影響，其詩風帶有浮艷就不難理解了。然而，江總的詩文在浮艶背後，更多的是難言的悲凉，這才是其詩文的主調。清代譚獻《復堂類集》云：『江總其人也靡，其言也哀而摯。』正如陳代文人的精神狀態一樣，表面瀟灑放蕩，而内心却悲凉恐懼，江總的詩文便是這種情緒下的産物。

據《陳書·江總傳》曰：『有文集三十卷，並行於世焉。』《隋書·經籍四》卷二三五著録《開府江總集》三十卷，《江總後集》二卷。《舊唐書·經籍下》卷四十七著録《江總集》二十卷。《新唐書·藝文四》卷六十著録《江總集》二十卷。《宋史·藝文七》卷二〇八著録《江總集》七卷。明代陳第《世善堂藏書目録》著録《江總集》一卷。明代焦竑《國史經籍志》著録《江總集》三十卷，《江總後集》二卷。焦竑所著録，多爲參照舊目而録，没有考究原書，難免錯訛或遺漏。由此可知，《江總集》在明代幾乎散佚無幾。

明張燮編《七十二家集》凡三百四十六卷、附録七十二卷，收録自宋玉至隋薛道衡共七十二人的集子。其中輯有《江令君集》，卷一爲賦、樂府，卷二爲詩，卷三爲詔、表、章、啓，卷四爲序、碑，卷五爲頌、贊、銘、哀策文、誄、墓志銘、文，附録包括唐代姚思廉撰《江總傳》、唐代李延壽撰《江總傳》、陳後主《與詹事江總書》、隋煬帝《檄陳尚書江總等文》、南朝梁劉之遊《酬江總詩》、南朝陳徐陵《同江詹事登宮城南樓》及遺事。明張溥在其基礎上所編《漢魏六朝百三家集》中，亦輯有《江令君集》。其中卷一包括賦、詔、表、章、啓、序、碑，卷二包括贊、頌、銘、哀策文、誄、墓志銘、文、樂府及詩，附録本傳。清代嚴可均《全上古三代三國六朝文》所輯《全隋文》卷十、卷十一收入江總文共五十六篇，與明代張溥《漢魏六朝百三家集》所收之文相比，略有增添。

《金陵全書》收録的《江令君集》以中國國家圖書館藏明天啓、崇禎間《七十二家集》本爲底本原大影印出版。

鍾翠紅

江令君集序

江揔持父紑爲梁代純孝揔持躬歷艱朝與波下上求忠臣於孝子之門豈其然乎杜子美詩云遠媿梁江揔還家尚黑頭世儒謂子美豈不知江之閱陳及隋乃系之爲梁

謂是一字之誅余謂子美亂離未歸偶借揔持避亂還家而發事屬梁季故系之梁注揔耳揔持在梁原非要地國破崎嶇幸不為北人所擒久而入陳不足多過凡陳之纍纍進賢誰非梁產子美單以為

揔訾耶獨揔於後主身都輔弼歡騰魚水而隋師之入無能捐軀為殉係籍開府至開皇十四年乃殂脆漏幾何不能為揔持解耳史又稱君臣昏亂目為揔罪余意猶復未爾彼以麗冶之才事婉孌之

主聲韵所鍾因相契洽尚未至魏收之狗鬬柳習之造像而長日精神盡耗之文義又非若他細人之指權而納賄也國小時危不能匡救諾諾因人敗乃公事則誠有之大宰摠持經濟既非所長道誼雅

無足采惟是秉性和柔自媚於上至乃文心妍秀蔚彼墨莊未足以輕艷二字槩相抹摋輕艷不猶愈於陳腐哉

旃蒙赤奮若紹和張爕識于金陵

江令君集目錄

卷之一

賦

樂府

卷之二

詩

攝山棲霞寺山房夜坐簡徐祭酒周尚
書并同遊群彦

徐孝克仰同令君攝山棲霞寺山房
夜坐六韻附

靜臥棲霞寺房望徐祭酒

徐孝克仰和令君附

營涅槃懺還途作有序

至德二年十一月十二日升德施山齋
三宿決定罪福懺悔詩

春夜山庭

夏日還山庭

賦得謁帝承明廬

賦得攜手上河梁應詔

賦得汎汎水中鳧

賦得三五明月滿

衡州九日

賦詠得琴

詠雙闕

卷之三

詔

表

章

啓

卷之四

序

碑

文

附錄

遺事

陳徐陵

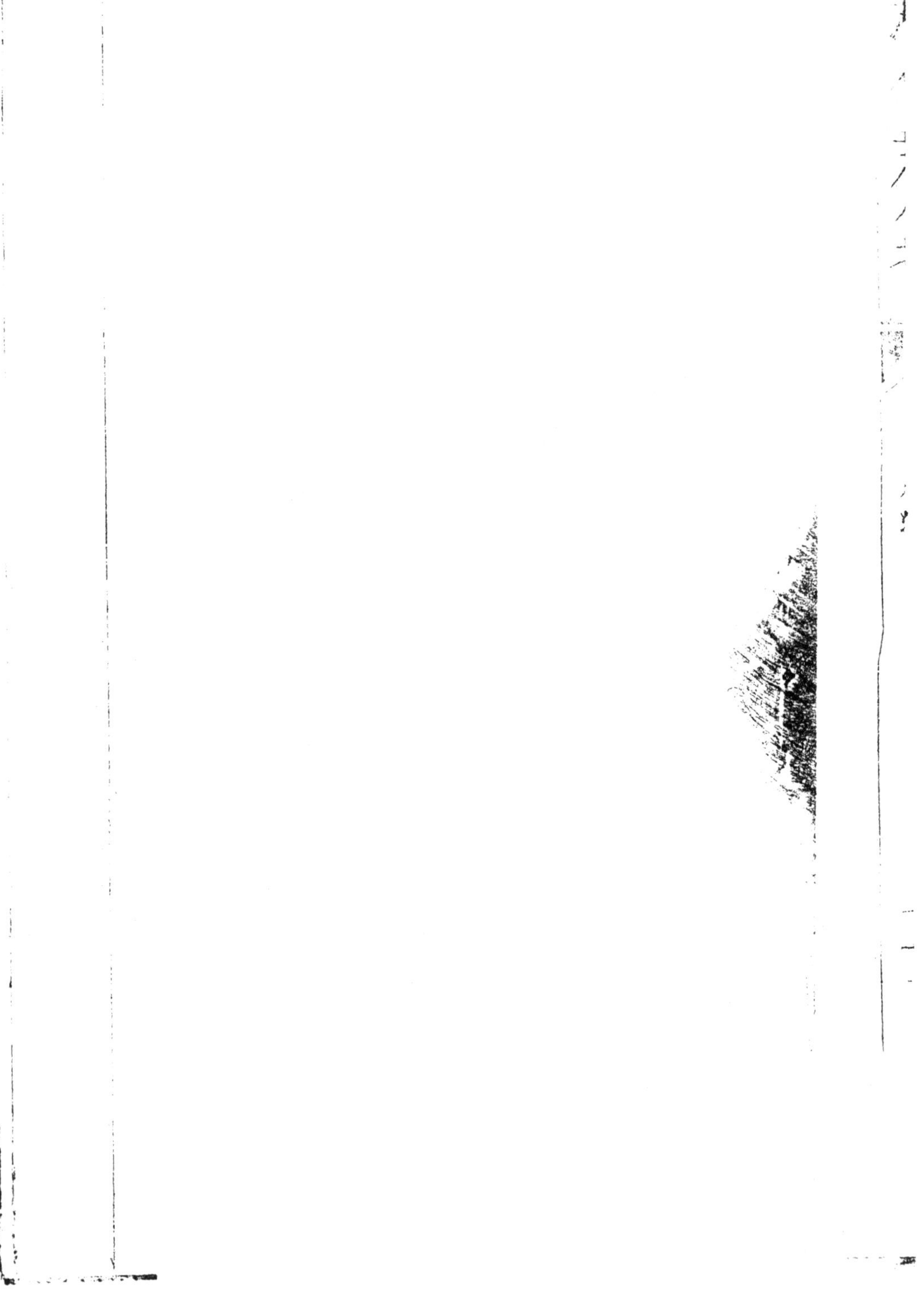

江令君集卷之一

陳濟南江揔揔持著
明閩漳張燮紹和纂

賦

修心賦有序

太清四年秋七月避地於會稽龍華寺此伽藍者余六世祖宋尚書右僕射州陵侯元嘉二十四年之所構也侯之王父晉護軍將軍彪昔涖此邦卜居山陰都陽里貽厥子孫有終焉之志

寺域則宅之舊基左江右湖面山背壑東西陵跨南北紆縈聊與苦節名僧同銷日月曉修經戒夕覽圖書寢處風雲憑棲水月不意華戎莫辨朝市傾淪以此傷情情可知矣啜泣濡翰豈攄鬱結庶後生君子憫余此槩焉

嘉南斗之分次肇東越之靈秘表檜風於韓什著鎮山於周紀蘊大禹之金書鐫暴秦之石字太史來而探穴鍾離去而開笥信竹箭之爲珍何碔砆之罕值奉盛德之鴻祀寓安禪之古□

寔豫章之舊圃成黄金之勝地遂寂默之幽心若鏡中而遠尋面曾阜之超忽邇平湖之逈深山條偃蹇水葉浸淫挂猿朝落饑鼯夜叅果叢藥苑棲蹊橘林梢雲拂日結暗生陰保自然之雅趣鄙人間之荒雜望島嶼之遭迴面江源之重沓泛流月之夜迴曳光煙之曉匝風引蜩而嘶噪雨鳴林而脩颯鳥稍狎而知來雲無情而自合爾乃登開靈塔地築禪居喜園超遥樂樹扶踈經行藉草宴坐臨渠持戒振錫度影甘蔬

堅固之林可踰寂滅之場蹔如異曲終而悲起
非木落而愁始豈降志而辱身不露才而揚已
鍾風雨之掩藹倦鷄鳴之聒耳幸避地而高棲
憑調御之遺旨折四辨之微言悟三乘之妙理
遣十纏之繫縛祛五惑之塵滓久遺榮於勢利
庶忘累於妻子感意氣於疇昔寄知音於來祀
何遠客之可悲私自憐其何已

辭行李賦

維大梁三十有六載神功懋乎開闢垂恩儲祉壄子代之盤盂感德形容陋周年之弇石月窟向風日域仰澤要荒款塞諸戎重譯輶軒巡履聲芳亥步旌節經過事高禹跡舉皇華之盡美馳珏玉之多事或江夏之無雙匹洛陽之才子訪羽儀於廊廟旌秀異於杞梓引強學之三端賞彫文於四始顧惚侗於罕志奉朝章於信坎天鳳舉而張旆濟龍沙而通責敏異季札之聽

歌譽秉屬國之銜使懷蘇子之抵掌憶千秋之舊地願自勵而飲氷揆無庸而案轡嗟負恩之無力每若寘於蒺棘絛辭東平之樂善再踐承明而游息豈異千里之奔踶寧辭一錢之不直諒無期於鴻漸念有似於蟬翼荷德澤之霈然鑒冊愚之匪飾慙借譽於瑟柱免長徑於葱極聊假日以須臾每長吟以鬱紆異金石之能固若草木之分區進學慚於枝葉綿力謝於康衢搆伯休之蓬戶狎仲憲之桑樞徒悅水而非智

庶因谷以爲愚耻矯名於周客寧濫響於齊竽

奉棲遲以偃仰願太素之不汚

江令君集卷之一

雲堂賦

覽黄圖之楝宇規紫宸於太清佪面勢之膠葛信不日之經營仰一時之壯麗跨萬古之威靈吐觸石之奇色混髙臺之舊名若乃三階八戶百拱千楹瑩以玉琇飾以金英綠芰懸挿紅蕖倒生於時木葉聲寒壺人唱靜承露擎虛相風照迥天子乃下輦開宴出豫娛神文縣日月思華風塵寔附鳳之多幸愧屠龍之不眞

貞女峽賦

倦辛苦於嶺表，遂沉淪於海外，迹飄飄於轉蓬，情繚繞於懸旆。駭兹峽之殄怪，佇奇峰而矖矚。或邐迤而四成，乍嶵嵬而五曲。含照曜之燭銀，渧潺湲之膏玉。山蒼蒼以墜葉，樹索索而搖枝。澄碧源之見底，聳翠壁以臨危。

勞酒賦

在陽春之仲序覽具物之芳菲帥公卿而播百穀親耒耜而命三推開青壇於廻甸列翠幕於清沂乃遵執爵之典爰降食華之讌豁朱鳥之高牕啓黄龍之抗殿奏帝鴻之萬舞動鈞天之九變傾曲私之亭育遞寒暑而徂遷謬陳力而策駘豈酬恩於暮年

江令君集　卷之一　六

山水納袍賦有引

皇儲監國餘辰勞謙終宴有令以納袍降賜何以奉揚恩德因題此賦

灩時來之寵沐振長纓以祗肅奉楹與之文章侍相娛之絲竹解女蘿之山帶佩流霞之羽服裁縫則萬壑縈體鍼縷則千巖映目圖島嶼之削成寫淪漣之徑復埒符采於雕煥竝芬芳於蘭菊憫四選之徂遷軫百慮之迴邅霜飛空而浸霧鴈照月而猜弦聽風鐘之易近對水霤之

踈懸若董衣之百結同衛服之十年嗟斑鬢之已颯愧冶袖之爲妍謝銜珠之有報荷墜履之無捐

華貂賦有序

領軍新安殿下以副貂垂錫仰銘恩澤謹題小賦

貴豐貂於挹婁飾惠文而見求標侍臣之容設曜毛采之溫柔拜文梔而影度陪武帳而香浮隨玉珩之近逮共金璫之去留仰太山之千仞開谷中之鄙厺撤君子之寶飾榮小人之蓬鬢蔑置醴之姝私誇賜田之薄潤顧朽拙之微躬早遊藝而不工逢河間之好古自愧始而恩隆

諒維鵜之有媿庶懷昔而克終

瑪瑙盌賦

翠羽流霞之杯諒無聞於瑋麗豈匹此之奇瓌爰覩姝特臻自西國狀鶩鶴之點漬似遊龍之割刻士衡譬之雲采中郎羞其馬勒於時北園清夏東閣浮涼山交枝而影襍水流葉而流香蟬無風而引短鷺出迴而飛長副君海渟岳峙紙落金鏘獲阿宗之美寶命河朔之名觴寶出崑崙之仙阜觴即玄洲之玉酒酒既醉而還年盌稍酌而延壽仰天縱之體物銘歆噐兮何有

南越木槿賦

日及多名蕣賓肇生東方記乎夕死郭璞贊以朝榮潘文體其夏盛稽賦憫其秋零此則京華之麗木非于越之舜英南中斬草衆花之寶雅什未名騷人失藻雨來翠潤露歇紅燥疊萼疑蘂低莖若倒朝霞映日姝未妍珊瑚照水定非鮮千葉芙蓉詎相似百枝燈花復羞燃暫欲寄根對滄海大願移華廁綺錢井上桃蟲難可雜庭中桂蠹豈見憐乃爲歌曰啼妝梁冀婦紅妝

蕩子家若持花竝笑宜笑不勝花趙女垂金珥燕姬插寶珈誰知紅槿艷無因寄狹邪徒令萬里道攀折自咨嗟

樂府

雉子斑

麥壠新秋來。澤雉屢裴徊。依花似協妬，拂草乍驚媒。三春桃照李，二月柳爭梅。暫住如臯路，當令巧笑開。

隴頭水二首

隴頭萬里外，天涯四面絕。人將蓬共轉，水與啼俱咽。驚湍自湧沸，古樹多摧折。傳聞博望侯，苦辛提漢節。

霧暗山中日風驚隴上秋徒傷幽咽響不見東西流無期從此別更度幾年幽遥聞玉關道望入杳悠悠

折楊柳

萬里音塵絶千條楊柳結不悟倡園花遥同羌嶺雪春心自浩蕩春樹聊攀折共此依依情無柰年年別

關山月

兎月半輪明狐關一路平無期從此別復欲幾

年行映光書漢奏分影照胡兵流落今如此長戍受降城

洛陽道二首

德陽穿洛水伊闕邇河橋仙舟李膺棹小馬王戎鑣杏堂歌吹合槐路風塵饒綠珠含淚舞孫秀彊相邀

小平路臨一作四達長楸聽五鐘玉節迎司隸錦車歸濯龍弦歌聲不息環珮響相從花障蕩舟笑日映下山逢

長安道

翠蓋乘輕霧金羈照落暉五侯新拜罷七貴早
朝歸轟轟紫陌上藹藹紅塵飛日暮延平客風
花拂舞衣

梅花落二首

縹色動風香羅生枝已長妖姬墜馬髻未插江
南璫轉袖花紛落春衣共有芳羞作秋胡婦獨
採城南桑

胡地少春來三年驚落梅偏疑粉蝶散乍似雪

花開可憐香氣歇可惜風相攜金鐃且莫韻玉笛幸裴徊

紫騮馬

春草正凄凄蕩婦出空閨識是東方騎猶帶北風嘶揚鞭向柳市細蹀上金堤願君憐織素殘妝尚有啼

驄馬驅

長城兵氣寒飲馬詎爲難暫解青絲轡行歇鏤衢鞍白登圍轉急黄河凍不乾萬里朝飛電論

功易走丸。

雨雪曲

雨雪隔榆溪、從軍度隴西。遠障看狐迹、依山見馬蹄。天寒旗彩壞、地暗鼓聲低。漫漫愁雲起、蒼蒼别路迷。

劉生

劉生負意氣、長嘯且裵徊。高一作辯論明秋水、命賞陟春臺。干戈倜儻用、筆硯縱横才。置驛無年限、遊俠四方來。

病婦行

窈窕懷貞室，風流挾琴婦。唯將角枕臥，自影啼妝久。羞開翡翠帷，嬾對蒲萄酒。深悲在縑素，託意忘箕箒。夫壻府中趨，誰能大垂手。

置酒高殿上

三清傳旨酒，柏梁奉歡宴。霜雲動玉葉，凍水疎金箭。羽籥響鐘石，流泉灌金殿。盛時不再得，光景馳如電。

今日樂相樂

綺殿文雅遒，珁筵歡趣密。鄭態逶迤舞，齊絃窈窕瑟。金壘送縹觴，玉井沉朱實。願此北堂宴，長奉南山日。

簫史曲

弄玉秦家女，簫史仙處童。來時兎月滿，去後鳳樓空。密笑開還斂，浮聲咽更通。相期紅粉色，飛向紫烟中。

詠燕燕于飛應詔

二月春暉暉，雙燕理毛衣。銜花弄藿靡，拂葉隱

芳菲或在堂間戲多從幕上飛若作仙人屣終向日南歸

濟黃河六朝聲偶作柳顧言者非

葱山淪外域鹽澤隱遐方兩源分際遠九道派流長未殫所聞見無待驗詞章留連嗟太史惆帳踐黎陽導波滎地節一作脉疏氣耿天潢憫周沈用寶嘉晉肇爲梁

橫吹曲

簫聲鳳臺曲洞吹龍鍾管鍠鐃漁陽摻怨抑胡

笳斷。

怨詩二首 以下七言

採桑歸路河流深。憶昔相期柏樹林。奈許新縑傷妾意。無由故劍動君心。

新梅嫩柳未障羞。情去恩移那可留。團扇篋中言不分、拾遺作盡纖腰掌上詎勝愁。

烏棲曲

桃花春水木蘭橈。金羈翠蓋聚河橋。隴西上計應行去。城南美人啼著曙。

東飛伯勞歌一作紹古歌

南飛烏鵲北飛鴻弄玉蘭香時會同誰家可憐出牕牖春心百媚勝楊柳銀牀金屋掛流蘇寶鏡玉釵橫珊瑚年時二八新紅臉宜笑宜歌羞更斂風花一去杳不歸秖爲無雙惜舞衣

雜曲三首

行行春逕蘼蕪綠織素那復解琴心乍愜南階悲綠草誰堪東陌怨黃金紅顏素月俱三五夫壻何在今追虜關山隴月春雪冰一作深誰見人

啼花照戶

殿內一處起金房併[illegible]宜作便勝餘人白玉堂珊瑚挂鏡臨網戶芙蓉作帳照雕梁房櫳宛轉垂翠幕佳麗逶迤隱珠箔風前花管颺難留舞處花鈿低不落陽臺通夢太非眞洛浦淩波復不新曲中唯聞張女調一作曲定有同姓可憐人但願私情賜斜領不願傷人相比竝妾門逢春自可榮君面未秋何意冷

泰山言應可轉移新寵不信更參差合懽錦帶

鴛鴦鳥同心綺袖連理枝皎皎新秋明月開早露飛螢暗裏來鯨燈落花殊未盡虬水銀箭莫相催非是神女期河漢別有仙姬入吹臺未眠解著同心結欲醉那堪連理杯後宮不愜茱萸芳夜夜爭開蘇合房寶釵翠鬢還相似朱脣玉面非一行新人未語言如澀新寵無前判不藏頻奉更衣蘭麝氣恐君馬到自驚香

梅花落 文苑英華作徐陵今從玉臺樂府作江摠下篇同

臘月正月早驚春衆花未發梅花新可憐芬芳

臨玉臺朝攀晚折還復開長安少年多輕薄兩
兩共唱梅花落滿酌金巵催玉柱落梅樹下宜
歌舞金谷萬株連綺甍梅花密處藏嬌鶯桃李
佳人欲相照摘葉一作蘂牽花來並笑楊柳條青
樓上輕梅花色白雪中明橫笛短簫淒復切誰
知柏梁聲不絕

宛轉歌

七夕天河白露明八月濤水秋風驚樓中恒閨
哀響曲塘上復有辛苦行不解何意悲秋氣

置無秋悲自生，不怨前階促織鳴，偏愁別路擣衣聲。別燕差池自有返，離蟬寂寞詎含情。雲聚懷清四望臺，月冷相思九重觀。欲題芍藥詩不成，來採芙蓉花已散。金樽送曲韓娥起，玉柱調絃楚妃歎。翠眉結恨不復開，寶鬢迎秋度前亂。湘妃拭淚灑貞筠，莢藥浣衣何處人。步步香飛金薄履，盈盈扇掩珊瑚脣。已言採桑期陌上，復能解佩就江濱。競入華堂要花枕，爭開羽帳奉華茵。不惜獨眠前下釣，欲許便作後來薪。後來瞋瞋同玉牀，可憐顏色無比方。誰能巧笑特窺井，乍取新聲學繞梁。宿處留嬌墮黃珥，鏡前含笑弄明璫。菤葹摘心心不盡，茱萸折葉葉更芳。已聞能歌洞簫賦，詎是故愛邯鄲倡。

閨怨篇

寂寂青樓大道邊，紛紛白雪綺牕前。池上鴛鴦不獨自，帳中蘇合還空然。屏風有意障明月，燈火無情照獨眠。遼西水凍春應少，薊北鴻來路幾千。願君關山及早度，念妾桃李片時妍。

又

蜘蛛作絲滿帳中、芳草結葉當行路。紅臉脈脈一生啼、黃鳥飛飛有時度。故人雖故昔經新、新人雖新復應故。

姬人怨

天寒海水慣相知。空牀明月不相宜。庭中芳桂憔悴葉、井上疎桐零落枝。寒燈作花羞夜短。霜鴈多情恒結伴。非爲隴水望秦川、直置思君腸自斷。

姬人怨服散篇

薄命夫壻好神仙逆愁高飛向紫烟金冊欲成猶百練玉酒新熟幾千年妾家邯鄲好輕薄特忿仙童一丸藥自悲行處綠苔生何悟啼多紅粉落莫輕小婦狎春風羅襪也得步河宮雲車欲駕應相待羽衣未去幸須同不學簫史還樓上會逐姮娥戲月中

長相思二首　襍言

長相思久離別征夫去遠芳音滅湘水深隴頭

咽。紅羅斗帳裏綠綺清絃絕。逶迤百尺樓愁思三秋結。

長相思久別離。春風送燕入簷窺。暗開脂粉弄花枝。紅樓千愁色。玉筯兩行垂。心心不相照。望望何由知。

江令君集卷之二

陳濟南江揔揔持著
明閩漳張燮紹和纂

詩

秋日侍宴婁苑湖應詔 以下五言

翠渚還鑾輅，瑤池命羽觴。千門響雲蹕，四澤動榮光。玉軸昆池浪，金舟太液張。虹旗照島嶼，鳳蓋繞林塘。野靜重陰潤，淮秋水氣凉。霧開樓闕近，日迴烟波長。洛宴諒斯在，鎬飲詎能方。朽劣

叨榮遇簪笏奉周行

侍宴玄武觀

詰曉三春暮新雨百花朝星宮移渡罕天駟動行鑣旆轉蒼龍闕塵飛飲馬橋翠觀迎斜照丹樓望落潮鳥聲雲裏出樹影浪中搖歌吟奉天詠未必待聞韶

宴樂脩堂應令

肅城通甲觀承華啓畫堂北宮降恩賞西園度羽觴殊私奉玉裕終宴在金房庭暉連樹彩簷

影接雲光仙如伊水駕樂似洞庭張蹕緣命琴瑟吹竹動笙簧庸疎濫應阮哀朽慝連章

三日侍宴宣遊堂曲水

上巳娱春禊芳辰喜月離北宫命簫鼓南館列旌麾纚柱擎飛閣雕軒傍曲池醉魚沉遠岫浮棗漾清漪落花懸度影飛絮不礙枝樹動丹樓出山斜翠磴危禮周羽爵遍樂闋光陰移

秋日遊昆明池

靈沼蕭條望遊人意緒多終南雲影落渭北雨

聲過蟬噪金隄柳鷺飲石鯨波珠來照似月織處寫成河此時（一作詎知）臨水歎非復採蓮歌

薛道衡秋日遊昆明池附

灞陵因靜退靈沼暫徘徊新船木蘭檝舊宇豫章材荷心宜露泫竹徑重風來魚潛疑刻日沙暗似沉灰琴逢鶴欲舞酒遇菊花開羇心與秋興陶然寄一杯

元行恭秋日遊昆明池附

旅客傷羇遠樽酒慰登臨池鯨隱舊石岸菊

聚新金陣低雲色近行高鴈影深歎荷凋
露卧柳横清陰衣共秋風冷心學古灰沉還
似無人處幽蘭入雅琴

秋日登廣州城南樓

秋城韻晚笛危榭引清一作凄風遠氣疑埋劍驚
禽似避弓海樹一邊出山雲四面通野火初煙
細新月半輪空塞外離群客顔鬢早如蓬徒懷
建鄴水復想洛陽宫不及孤飛鴈獨在上林中

贈冼馬袁朗别

賈誼登朝日終軍對奏年校文升廣内撫劍入
崇賢奇才殊艶逸將别更留連驪車命鐃管拱
坐面林泉池寒稍下鴈木落久無蟬露浸山扉
月霜開石路烟高談無與慰遲爾報華篇

詒孔中丞奐

我行五嶺表辭鄉二十年聞鶯欲動詠披霧即
依然疇昔同寮寀今随年代改借問藏書處唯
君故人在故人名宦高霜簡肅權豪誰知懷九
歎徒然泣二毛步出東郊望心游江海上遇物

便今古何爲不惆悵初晴原野開宿雨潤條枝
叢花曙後發一鳥霧中來淹留蘭蕙苑吟嘯芳
菲晚忘懷靜躁間自覺風塵遠白社聊可依青
山乍採薇鍾牙乃得性語默豈同歸

贈賀左丞蕭舍人

輶軒通八表旌節騖三秦聽歌酬斂對繼好佇
行人賀生思沉鬱蕭弟學紛綸共有筆端譽皆
爲席上珍離群徒悄悄征旅日駪駪黄河分太
史一曲悲千里海内平生親中朝流寓士痛共

閼梁祚于焉三十祀鍾儀縶不歸盛憲悲何已隴頭心斷絕爾爲參生死回首望長安猶知蜀道難函關分地軸華嶽接天壇行旜方境逝去棹艤江干蘆花霜外白楓葉水前冊翔鷗方怯凍落鴈不勝彈輝輝盛王道時務嬰疲老九流倦耳目十年變懷抱何以敦岐路淒然綴辭藻江南有桂枝寒北無萱草斗酒未爲別垂堂深自保

遇長安使寄裴尚書

傳聞合浦葉遠向洛陽飛北風尚嘶馬南冠獨不歸去雲目徒送離琴手自揮秋蓬失處所春草屢芳菲太息關山月風塵客子衣

別南海賓化侯

石關通越井蒲澗邇靈洲此地何遼敻群英逐遠遊高才袁彦伯令譽許文休悠焉值君子復此映芳猷崤函多險澁星琯壯環周分岐泣世道念別傷邊秋斷山時結霧平海若無流驚鷺一群起哀猿數處愁是日送歸客爲情自可求

終謝能鳴鴈還同不繫舟其如江海泣惆悵徒離憂

庚寅年二月十二日遊虎丘山精舍

縱棹憐迴曲尋山靜見聞每從芳杜性須與俗人分貝塔涵流動花臺偏領芬蒙蘢出簷桂散漫繞窻雲情幽豈狥物志遠易驚群何由狎魚鳥不顧屈玄纁

入龍丘巖精舍

法堂猶集鳫仙竹幾成龍聊承丹桂馥遠視白

雲峰風颮穿石竇月牖拂霜松暗谷留征鳥空林徹夜鐘陰崖未辨色疊樹豈知重溘此哀時命吁嗟世不容無由訪詹尹何去復何從

明慶寺

十五詩書日六十軒冕年名山極歷覽勝地殊留連幽厓聳絕壁洞穴瀉飛泉金河知證果石室乃安禪夜梵聞三界朝香徹九天山階步皎月澗戸聽凉蟬市朝霑草露淮海作桑田何言望鍾嶺更復切秦川

入攝山棲霞寺 有序

壬寅年十月十八日入攝山栖霞寺登峴極峭頗暢懷抱至德元年癸卯十月二十六日又再遊此寺布法司施菩薩戒甲辰年十月二十五日奉送金像還山限以時務不得恣情淹留乙巳年十一月十六日更獲拜禮仍停山中宿永夜留連棲神悚聽但交臂不停薪指俄謝率製此篇以記即日俾後來賞者知余山志

淨心抱冰雪暮齒逼桑榆太息波川迅悲哉人世拘歲華皆採穫冬晚共嚴枯濯流濟八水開襟入四衢兹山靈妙合當與天地俱石瀨乍深淺崖煙遞有無缺碑橫古隧盤木臥荒塗行行備履歷步步轔一作憐威紆高僧迹共遠勝地心相符樵隱各有得丹青獨不渝寺猶有朗詮二師居士明僧紹治中蕭眎塑像圖遺風佇芳桂比德喻生芻寄言長往客悽然傷鄙夫

陳後主同江僕射遊攝山棲霞寺附

時宰磻溪心非關狎竹林鷲嶽青松繞鷄峰
白日沉天迥浮雲細山空明月深摧殘枯樹
影零落古藤陰霜村夜烏去風路寒猿吟自
悲堪出俗詎是欲抽簪

遊攝山棲霞寺有序

禎明元年太歲丁未四月十九日癸亥入攝
山展慧布法師憶謝靈運集還故山入石壁
中尋曇隆道人有詩一首十一韻今此拙作
仍學康樂之體

靄霂時雨霽清和孟夏肇棲宿緑野中登頓冊霞杪敬仰高人德抗志塵物表三空豁巳悟萬有一何小始從情所寄㝠期諒不少荷衣步林泉麥氣凉昏曉乘風面冷冷候月臨皎皎烟崖憩古石雲路排征鳥披逕憐森沉攀條惜杳裊平生忘是非朽謝豈矜矯五淨自此泯六塵庶無擾

攝山棲霞寺山房夜坐簡徐祭酒周尚書并同遊群彦

濼身事珠戒非是學金冊月磴時横梳雲崖宿
解鞍梵宇調心易禪庭數息難石澗水流靜山
牕葉去寒君思比闕駕我惜東都冠翻愁夜鐘
盡同志不盤桓

徐孝克仰同令君攝山棲霞寺山房夜
坐六韻附

戒壇青石路靈相紫金峰影盡皈依鴿餐迎
守護龍晨朝宣寶偈寒夜歛疎鐘鷄蘭靜舍
握仁智獨從容五禪清慮表七覺蕩心封瀕

言於此處携手屢相逢

靜臥棲霞寺房望徐祭酒

絕俗俗無侶修心心自齋連崕夕氣合虛宇宿雲霾臥藤新接戶敧石久成階樹聲非有意禽戲似忘懷故人市朝狎心期林壑乖唯憐對芳杜可以爲吾儕

徐孝克仰和令君附

上宰明四空迴車入道中洞涼容麥氣巘光對月宮香來詎經火花散不隨風澗松無異

聒禪桂兩分叢虛薄誠爲累何因偶會同暫此乖山北猶可向墻東

營涅槃懺還塗作有序

禎明二年仲冬攝山棲霞寺布法師只爾待終余以此月十七日宿昔入山仰爲師氏營涅槃懺還途有此作

可否同一貫生死亦一條況期滅盡者豈是俗中要入道離群愴冥期出世遲留連入澗曲宿昔陟巘椒石溜冰便斷松霜日自銷向崖雲

靆出谷霧飄颻勿言無大隱歸來即市朝

至德二年十一月十二日升德施山齋三

宿決定罪福懺悔詩

四知無矯志二施啓幽心簡通避人物偃息還山林曲澗停騶響交枝落幔陰池臺聚凍雪欄牖噪歸禽石彩無新故峰形詎古今大車何杳杳奔馬遂駸駸何以修六念虔誠在一音未泛慈舟遠徒令頹海深

詠採甘露應詔

祥露曉氛氲，上林朝晃朗。千行珠樹出，萬葉瓊枝長。徐輪動仙駕，清宴留神賞。冊水波濤汎，黄山烟霧上。風亭翠旆閑，雲殿朱絃響。徒知恩禮洽，自憐名實爽。

借劉太常説文

劉棻慕子雲，許慎詢景伯。碩學該蟲篆，奇文秀鳥跡。曰余從下帷，待問垂重席。不詣王充市，聊投班玩籍。三寫徧鑽研，六書多補益。幽居服藥餌，山宇生虛白。留連嗣芳杜，曠蕩依泉石。夫君

愛滿堂頌言馳下澤

賦得一日成三賦應令

副君睿賞逍清夜北園遊下筆成三賦傳觴對九秋飛文綺縠采落紙波濤流樹容寒蟬響簷暗雀聲愁綠潋明層殿青山照近樓此時緘禮物顧省良若抽

攝官梁小廟

梁有小廟太祖太夫人廟也非嫡故別立廟侯景寇建鄴詔以總權兼太常卿守小廟

疇昔遊依所，今日薦櫻時。憲章誠有革，歲月遂難思。故人獨之子，官聯更在茲。虛簷靜暮雀，洞戶映光絲。平生復能幾，語事必傷悲。

卞山楚廟

蘋藻祈明德，倚棹息岩阿。忽聽晨鷄曙，非復楚宮歌。閒階雜宿薺，古木斷懸蘿。帷堂寂易晚，桴鼓自相和。盛祀流百世，英威定幾何。

山庭春日一作休沐山庭

洗沐惟五日，棲遲在一丘。古楂橫近澗，危

石聳前洲岸，綠開河柳池，紅照海榴。野花寧待暇，山蟲詎識秋。人生復能幾，夜燭非長遊。

七夕 六朝聲偶作 柳顧言者非

漢曲天榆冷，河邊月桂秋。婉孌期今夕，飄颻渡淺流。輪隨列宿動，轉作 路逐彩雲浮。橫波翻瀉淚，束素反緘愁。此時機杼息，獨向紅粧羞。

南還尋草市宅

紅顏辭鞏洛，白首入轘轅。乘春行故里，徐步采芳蓀。逕毀悲求仲，林殘憶巨源。見桐猶識井，看

柳尚知門花落空難遍鶯啼靜易諠無人訪語默何處敘寒温百年獨如此傷心豈復論

和張記室源傷往一作傷佳人

小婦當壚夜夫壻凱歸年正歌千里曲翻入九重泉機中未斷素瑟上本留絃空帳臨總掩孤燈向壁然還悲寒隴曙松短未生煙

在陳旦解酲共哭顧舍人一作傷顧野王

獨酌一樽酒高詠七哀詩何言萬里別非復竹林期堦荒鄭公草户閴董生帷入隨暮一作槿朝

落客共晚鶯悲年髮兩如此傷心詎（一作獨）幾時

侍宴臨芳殿（六朝聲偶作柳顧言者非）

鍾箭自（一作且）徘徊皇堂薦羽杯橋平疑水落石迴見山開林前暝色靜花處近香來西嶝傷撫夕北閣濫游陪

侍宴瑤泉殿

水亭通枍詣石路接堂皇野花不識采旅竹本無行雀驚疑欲曙蟬嚅似含涼何言金殿側亟奉瑤池觴

別袁昌州二首

河梁望隴頭分手路悠悠徂年若驚電別日欲成秋黃鵠飛飛遠青山去去愁不言雲雨散更似東西流

客子歎途窮此別異西東關山嗟墜葉岐路憫征蓬別鶴聲聲遠愁雲處處同

經始興廣果寺題愷法師山房

息舟候香埠悵別在寒林竹近交枝亂山長絕逕深輕飛入定影落照有疎陰不見投雲狀空

畱折桂心

和衡陽殿下高樓看妓

起樓侵碧漢初日照紅妝絃心艶卓女曲誤動
周郎竝歌時轉黛息舞暫分香挂纓銀燭下莫
笑玉釵長

賦得空閨怨

蕩妻怨獨守盧姬傷獨居瑟上調絃落機中織
素餘自羞淚無燥翻覺夢成虛復嗟長信閣寂
寂往來疎

并州羊腸坂

三春别帝鄉五月度羊腸本畏車輪折翻嗟馬骨傷驚風起朔鴈落照盡胡桑關山定何許徒御慘悲凉

歲暮還宅

悒然想泉石驅駕出城臺亂竹春前筍驚花雪後梅青山殊可對黄卷復時開長繩豈繫日濁酒傾一杯

春夜山庭

春夜芳時晚幽庭野氣深山疑刻削意樹接縱横陰戶對忘憂草池驚旅浴禽樽中良得性物外知余心

夏日還山庭

獨於幽棲地山庭暗女蘿澗清長低篠池開半卷荷野花朝暝落盤根歲月多停樽無賞慰狎鳥自經過

賦得謁帝承明廬

霧開仁壽殿雲繞承明廬輪停紼幰引馬度紅

塵餘香貂拜黻衮花綬拂玄除謁帝升清漢何殊入紫虛

賦得携手上河梁應詔

早秋天氣凉分手關山長雲愁數處黑木落幾枝黄鳥歸猶識路流去不知鄉秦川心斷絶何悟是河梁

賦得泛泛水中鳧

歸鳧沸卉同亂下芳塘中出没時銜藻飛鳴忽颺風浮深或不息戲廣若乘空春鷗徒有賦還

笑在金籠。

賦得三五明月滿

三五兎輝成。浮陰冷復輕。隻輪非戰反、團扇少歌聲。雲前來往色、水上動搖明。況復高樓照、何嗟攬不盈。

衡州九日

秋日正淒淒、茅茨復蕭瑟。姬人薦初醞、幼子問殘疾。圍菊抱黃華、庭榴剖珠實。聊以著書情、暫遣他鄉日。

賦詠得琴

可憐嶧陽木雕爲綠綺琴田文垂睫淚卓女弄
絃心戲鶴聞應舞游魚聽不沉楚妃幸勿歎此
異丘中吟一作音

詠雙闕

象闕連馳道天一作月宇照方疏刻鳳棲清漢圖
龍入紫虛屢逢膏露灑幾遇祥烟初競言百尺
麗寧方萬丈餘

三善殿夜望山燈六朝聲偶作柳顧言者非

百花疑吐夜，四照似含春。的的連星出，亭亭向月新。採珠非合浦，贈珮異江濱。若任扶桑路，堪言並日輪。

奉和東宮經故妃舊殿

故殿看看冷，空階步步悲。猶憶窺牖處，還如解佩時。苔生無意早，燕入有言遲。若令歸就月，照見不須疑。

同庾信答林法師（藝文作周弘正非）

客行七十歲，歲暮遠徂征。塞雲凝不解，隴水凍

無聲君看日遠近爲村長安城

詠李

嘉樹春風早春風花落新但見成蹊處幾得正冠人當知露井側復與夭桃鄰

詠蟬

白露凉風吹朱明落照移鳴條噪林柳流響遍臺池村聲如易得尋忽却難知

答王筠早朝守建陽門開

金兎猶懸魄銅龍欲啓扉三條息行火百雉照

初暉御溝槐影出仙掌露光睎闕

侍宴賦得起坐彈鳴琴

絲傳園客意曲奏楚妃情。罕有知音者空勞流水聲。

别永新侯詩彙作張正見者非

送君張掖郡分悲函谷關欲知腸斷絕浮雲去不還

春日

水苔宜溜色山櫻助落暉。浴鳥沉還戲飄花度

不歸。

於長安歸還揚州九月九日行薇山亭賦韻

心逐南雲逝，形隨北鴈來。故鄉籬下菊，今日幾花開。一作長安九日詩曰心逐南雲去身隨北鴈來故園籬下菊今日爲誰開

哭魯廣達

南史曰廣達陳之良將也至德二年爲侍中中領軍賀若弼進軍鍾山廣達力戰及韓擒虎乘勝破宮城廣德被執入隋以憤慨卒江總撫柩慟哭題其棺曰

黃泉雖抱恨白日自留名悲君感義死不作負

恩生

秋日新寵美人應令以下七詩

後宮唯聞莫瓊樹絕世復有宋容華皆自爭名進女弟定覺雙飛勝蕩家頹並迎春比翼燕常作照日同心花聞道艷歌時易調付許新恩那久要翠眉未畫自生愁玉臉含啼還似笑角枕千嬌薦芬香若使琴心一曲奏幽蘭度曲不可終陽臺夢裏自應通秋樹相思一枝綠爲揷賤妾兩鬢中

新入姬人應令

洛浦流風漾淇水，秦樓初日度陽臺。玉軑輕輪五香散，金燈夜火百花開。非是妖姬度江日，定言神女隔河來。來時向月別姮娥，別時清吹悲簫史。數錢拾翠爭佳麗，拂紅點黛何相似。本持纖腰惑楚宮，暫迴舞袖驚吳市。新人羽帳挂流蘇，故人網戶織蜘蛛。梅花柳色春難遍，情來春去在須臾。不用庭中賦綠草，但願思著弄明珠。

內殿賦新詩

兎影脉脉照金鋪。虯水滴滴瀉玉壺。綺翼雕甍迴清漢。虹梁紫一作桂柱麗黃圖。風高暗綠凋殘柳。雨駛芳紅濕晚芙。三五二八佳年少。百萬千金買歌笑。偏著故人織素詩。願奏秦聲采蓮調。織女今夕渡銀河。當見新秋停玉梭。

江令君集　卷之二　二十

江令君集卷之三

陳濟南江摠摠持著
明閩漳張燮紹和纂

詔

舉士詔

尭施諫皷禹拜昌言求之異等久著前冊舉以滯淹復聞昔典斯乃治道之深規帝王之切務朕以寡昧丕承洪緒未明虚巳日旰興懷萬機多紊四聰弗達思聞謇諤採其黙語王公以下

各薦所知傷詢管庫爰及輿皂一介有能片言
可用朕親加聽覽佇兹啓沃

表

讓尚書令表

臣弱歲立朝本無竒志毎謂任登常伯足承基緒値粱季不造收拙人閒東竄三江南徂百越不知秦漢十有七年心迹退黜平生畢矣但野性疎懶不屑死增俯仰乖時人物多忤天飛踐祚任寄隆重謬以商丘之木遂比舟檝之材燕岱之石混同瑚璉之器當由崇賢使舉早守名節竊以天府文昌萬方之藪天官冢宰無所不

統禮尊三獨事昭百揆曠職云久三十餘載一旦開置必資望實豈斯廷典私偏濫膺菲薄陛下聽覽餘辰曲垂昭納遂斯反汗高選具瞻則憋蓋憋帷使臣暮齒歲制月制賖臣皎髮不以一忘

陳後主授江摠尚書令冊文附

夫文昌政本司會化經章彪謂之樞機李固方之斗極況其五曹斯綜百揆是諧同冢宰之司專臺閣之任惟爾道業標峻宇量弘深

勝範清規風流以爲準的儒宗學府衣冠以
爲領袖故能師長六官具瞻允塞明府八座
儀刑載遠其端朝握揆朕所望焉往欽哉懋
建爾猷亮采我邦國可不愼歟

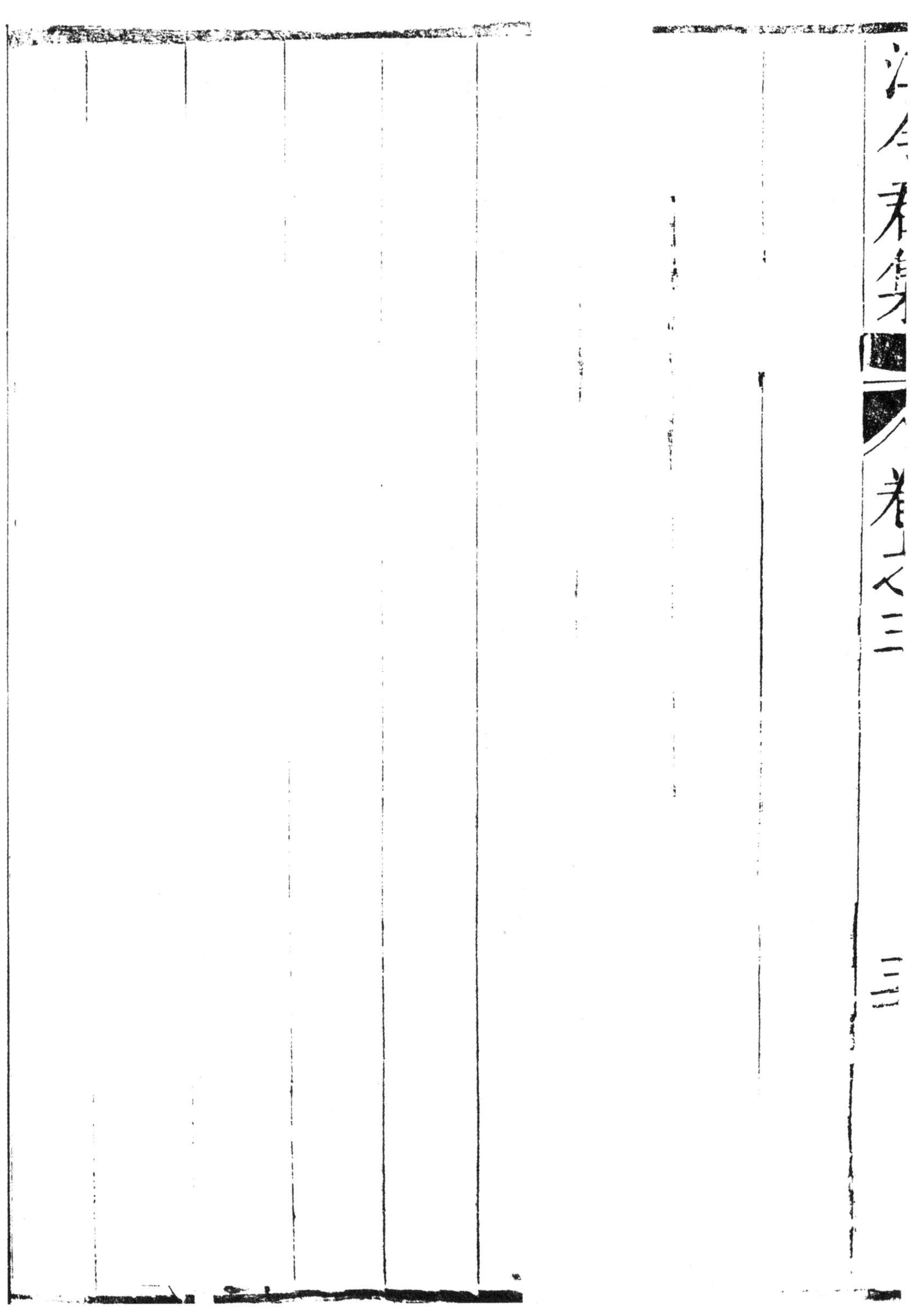

讓尚書僕射表

藻鏡官方品裁人物門驚如市不慚屋漏心抱如氷無欺暗室但屢淹星鳥每知忝素世網拘束事歸僶勉今此召會尤增據蔡竊以端揆副職官稱師長革履升降傳呼寵赫儀刑朝首冠冕彝倫兼復參總衡流匡佐聖治妄膺重責必蹈危機

江令君集　卷之三　四

讓吏部尚書表

竊以漢置五曹方今六尚魏隆八凱擬古六卿近喻喉舌遠膺樞斗至如東京西晉裴王仰首伸眉可得論列此矣但臣門基世縮晉宋以來内侍帷扆入尸衡尺或年甫將立或歲未强仕是以退思弱冠追傷疇昔早塵華任見知名輩常謂忝竊匪朝伊夕豈期梁室多故有志無時平生意氣颯爾零落特由邀奉嘉運千載一時惟奮寵靈遂臻於此

江令君集　卷之三　五

為沈君理讓僕射領吏部表

辛香以來安石以後遵其軌躅必大厦之棟梁總其寄任亦巨川之舟楫未有綿力薄材輕膺此舉

爲衡陽王讓吴郡表

芝泥馳印。發命開函。顏之誠，夏霜易霣，兢惶之至，春氷可涉。臨淄回軾，即事何取。廣川無聲，頗知自匹。

爲蕭大保謝儀同表

阪泉野戰，曾無汗馬之勞；代邸運籌，又闕前戈之勇。薄伐專征，早遊邊外；執玉奉酎，又虧朝則。王人降止，朝册遽臨，奉述勑書，曲停表奏。滄波阻夐，既杜敬仲之辭；關路悠長，致絕趙襄之讓。心馳紫路，登文石而莫由；目送白雲，拜承明而無日。

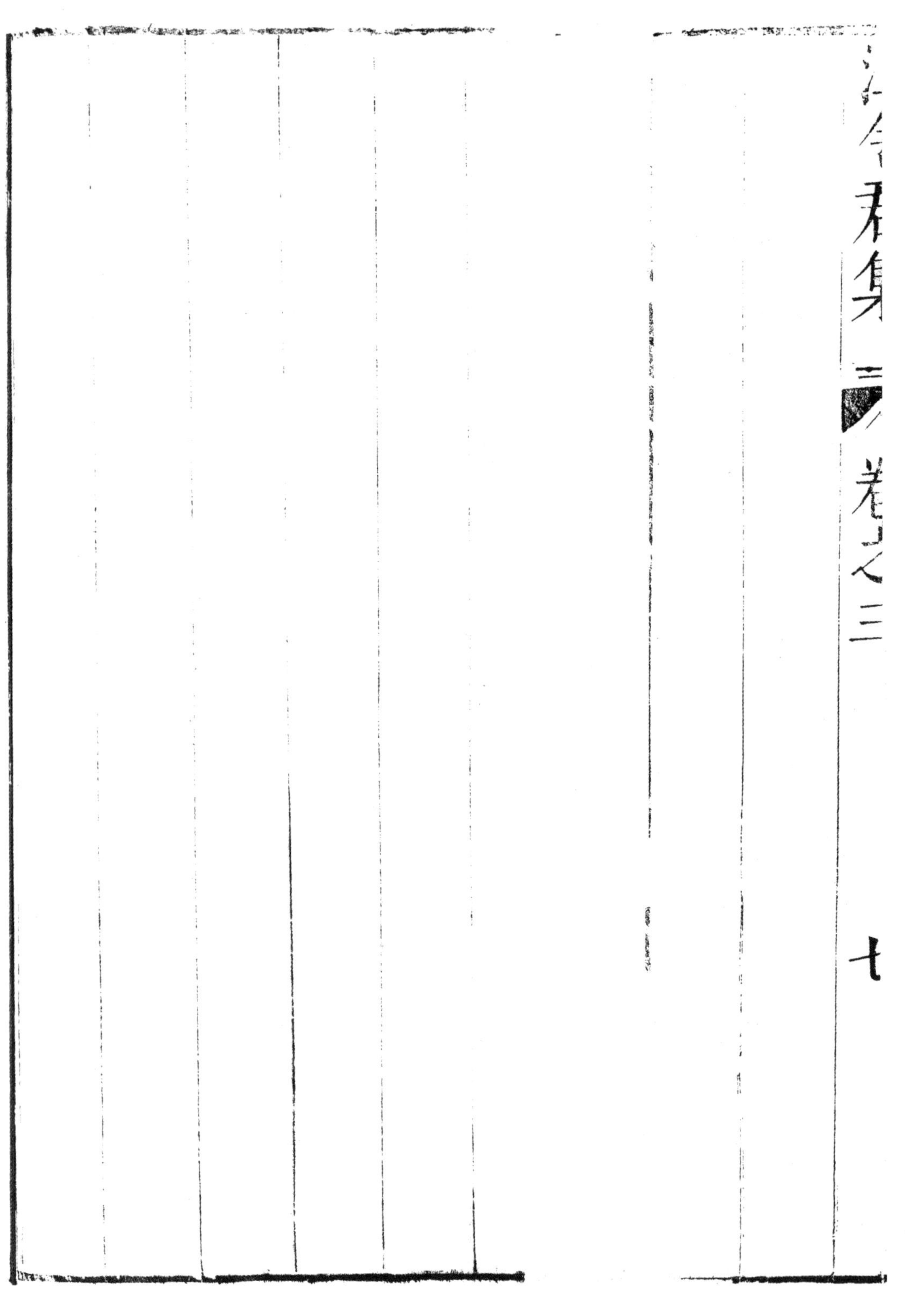
江令君集卷之三
七

謝敕給鼓吹表

畧尋近古逖聽前事王文憲匡佐革命沈隱侯經綸始運騎吹之榮猶難忝冒以臣況此寔非倫輩豈可更崇文物重假名器高臺迢遞未朱夏而登臨芳樹華滋非青春而奏曲

江令君集卷之三

爲陳六宮謝表

鶴籥晨啓雀釵曉眏恭承盛典肅荷徽章步動雲袿香飄霧縠媿纏艷粉無情拂鏡愁縈巧黛息意臨牕妾聞漢水贈珠人間絕世洛川拾翠仙處無雙或有風流行雨窈窕初日聲高一笑價起兩環乃可桂殿迎春蘭房侍寵借班姬之扇未掩鶯羞假蔡琰之文寧披悚戴

江令君集　卷之三　九

章

爲陳六宫謝章

恭膺禮命愧集册縷之顔拜奉曲私愁縈暈羽之色魯宫夜火伯媛匪驚楚榭奔濤貞姜何懼豈期日月騰影風雲寫潤乃復位崇九御聲高六列象服增華册軿耀采何以弼佐王風克柔陰化兢惶竝集追想流荇之詩荷據相并遂失鳴環之節

江令君集 卷之三 十

啓

上毛龜啓

臣聞聖王受命以代紹興日月精明之狀煙雲爛熳之采神鳧出於汾陰寶玉開於張掖靈山奧澤卉木呈祉靜海澄波鱗介禔福靡不顯符瑞以固鴻基肇徵祥以光永世者也影合四靈光分五色懷星拖月負字銜圖

除尚書令斷表後啓

司會治本冢宰朝端搢紳所屬儀刑攸在皇代以來無人則闕陛下將備厥職用穆巨僚不容始自庸菲以謹物議當今藩翰至戚不無其才廊廟重臣亦有其器伏願檢俞往之則闡平章之道臣沿心布款有理存焉

除尚書令謝臺啓

竊以昔之冢司今曰端揆頃同台衮無人則闕臣之朽薄安可叨責謹當奏承夜月冀奉三思之旨聲寄浮雲方祈九天之路

謝宫爲製讓表啓

妒攀珠樹徒仰照匣之輝若踐玉田不知照廡之價芙蓉之水亟奉北園迷迭之文屬陪南館久降嘘枯之旨許賜凌雲之筆清夜讌斯謂言善戲黄金然諾竝遂殊寵年齊柏寢豈報恩榮紙釐蘭臺未書悚戴

除太子詹事謝東宫啓

庇身修德濫迹端形陳蘿故葛攀附不涯觧角

甋鱗超踰非次方辭璽會覬收渥澤

江令君集卷之四

陳濟南江揔揔持著
明閩漳張燮紹和纂

序

自序

歷升清顯，備位朝列，不邀世利，不涉權幸。嘗撫躬仰天太息曰：莊青翟位至丞相，無迹可紀；趙元叔爲上計吏，光乎列傳。官陳以來，未嘗逢迎一物，干預一事，悠悠風塵流俗之士，頗致怨憎榮枯寵辱不以介意太建之世權移群小謟嫉作威屢被摧黜柰何命也後主昔在東朝留意文藝夙荷昭晉恩紀契濶嗣位之日時寄謬隆儀形天府釐正庶績八法六典無所不統昔晉武帝策荀公曾曰周之冢宰今之尚書令也況復才未半古尸素若茲晉太尉陸玩云以我爲三公知天下無人矣軒冕儻來之一物豈是預要乎弱歲歸心釋教年二十餘入鍾山就靈曜寺則法師受菩薩戒暮齒官陳與攝山布上人

遊款深悟苦空更復練戒運善於心行慈於物
頗知自勵而不能蔬菲尚染塵勞以此負愧乎
生耳

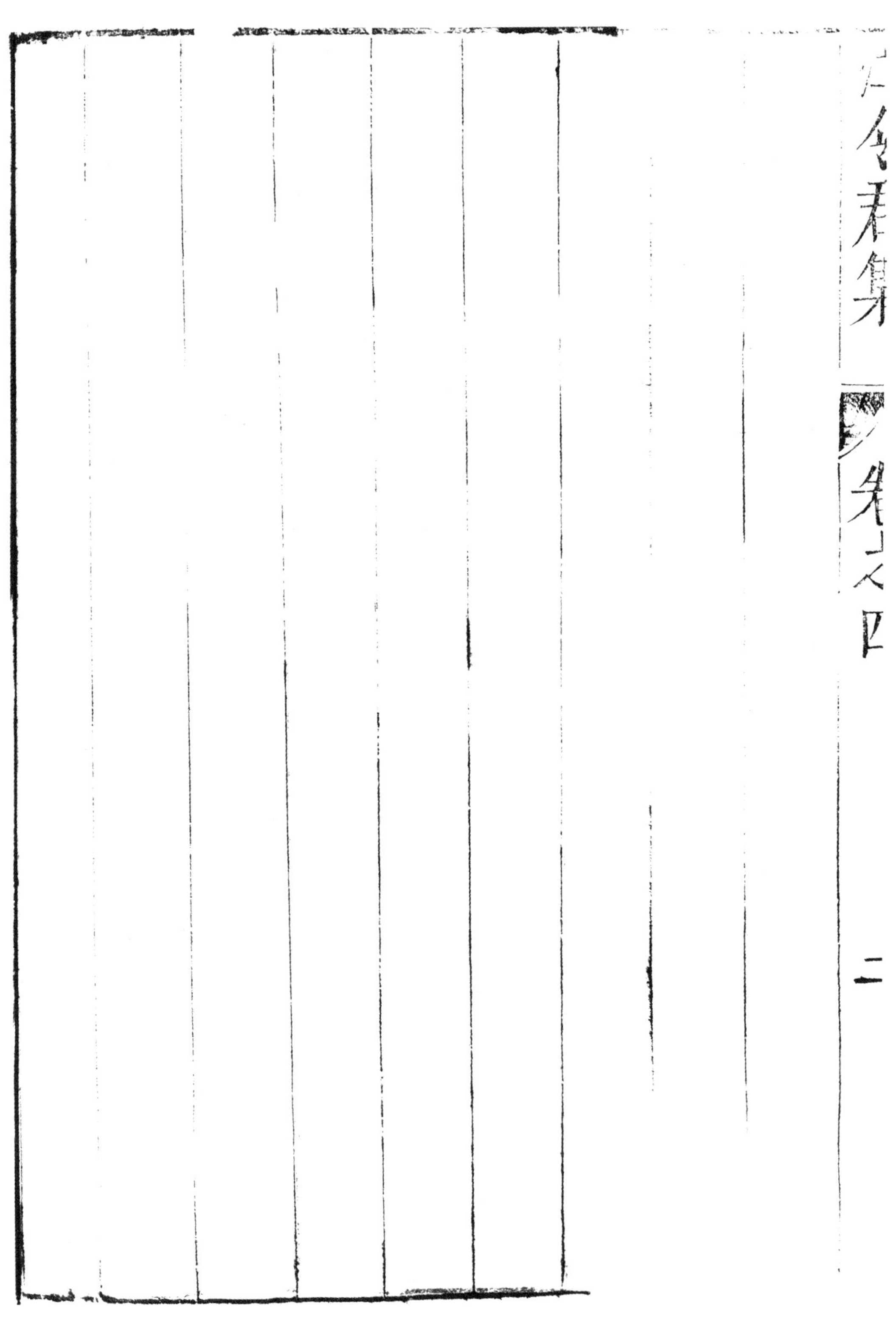

江令君集　卷之四　二

陶貞白先生集序

昔劉向通古今之學馬融見天下之書京房察風雨之占裴楷曉陰陽之術子政傷於簡易季長敝於驕侈君明逐不旋踵公矩纔免極誅鮮有盡美之迹罕聞克終之譽若夫德行博敏孔室四科經術深長鄭門六藝丹陽陶先生備斯矣至如紫臺青簡綠帙丹經玉版秘文瑶瑨怪牒靡不貫彼精微殫其旨趣蓋非常之絶伎命世之異人焉文集鈌亡未有編録門人補輯若

逢遼東之本好事研搜如誦河西之篋奉勑校之鉛墨緘以緹緗藏彼鴻都副在延閣

碑

皇太子太學講碑

我大陳之御天下若水洊其長瀾璒星躔其求歷重華誕膺興於大鹿之野敬仲繼業盛矣鳴鳳之占兼以鴻才海富逸思泉瀉含毫落紙動八闋之歌謳隻句片言諧五聲之節奏雲飛風起追歷漢帝之辭高觀華池遠跨魏王之什爰復建藏書之冊開獻書之路帷帳叢殘家壁遺逸紫臺秘典緑帙奇文羽陵蠧迹嵩山落簡外

史所掌廣內所司靡不飾以鉛槧雕以緗素此
文教之修也

吳興郡廬陵王德政碑

卓爾吾王天人可擬早成夙智謙懷虛已偃息流畧翱翔文史三雍雅對九師名理好古如斯學兼之矣雎陽肇構碣石初開賜田待士牓道求材剖符彭國述職瑯臺去謡曙鼓留歌暮來

令君集卷之四

五

攝山棲霞寺碑

蓋聞天有神宮地云靈府桑欽博記始敘四衢之塔金朔著經因知千步之寺至如峰形甑累岫勢堂密亦烏足言其南徐州瑯邪郡江乘縣界有攝山者其狀似繖亦名繖山尹先生記曰山多草藥可以攝養故以攝爲名焉南瞻舊落顧悌鎮戍之塢北望荒村卜謙卜筮之宅此山西南隅有外道館地俄而瘦癘磨滅三清遺法未明五怖之災萬善開宗遂變四禪之境倐見

齊居士平原明僧紹空解淵深至理高玅遺榮軒冕遁跡巖穴宋泰始中嘗遊此山仍有終焉之志村民野老競來諫曰山多狠虎毒虵所以久絶行踐僧紹曰毒中之毒無過三毒忠信可蹈水火猛獸亦何能爲乃刋木駕峰薙草開逕披拂蓁梗結構茅茨廿許年不事人世渡河息累擾篋無立皆曰誠至所感有法度禪師家本黃龍來遊白社梵行殫苦法性純備與僧紹冥契甚善嘗於山舍講無量壽經中夜忽見金光

照室光中如有臺館形像豈止一念之間人天照其香蓋八未曾有淵石朗其夜室居士遂捨本宅欲成此寺即齊永明七年正月三日度上人之所搆也山情率易野製疎朴崖檐峻絶澗戶幽深卉木滋榮四時助其雕綺煙霞舒卷五色成其藻絢居士甞夢此巖有如來光彩又因閒居依稀目見昔寶海梵志睛覩花臺智猛比丘行逢影窟故知神應非遠靈相斯在居士有懷創造俄而物故其第二子仲璋爲臨沂令克

荷先業莊嚴龕像首於西峰石壁與度禪師鑴造無量壽佛坐身三丈一尺五寸通座四丈并二菩薩倚高三丈三寸若乃圖寫瓌奇刻削宏壯蓮花瑩目石鏡沉暉藕絲縈髮雲崕失彩項日流影東方韜其大明面月馳光西照匿其成魄大同二年龕頂放光光色身相晃若炎山林間樹下艳如火殿禪師自識終期欣瞻瑞應以建武四年於此寺順寂豈非六和精進十念允諧向沐寶池方登金地者也齊文惠太子豫章

文獻王竟陵文宣始安王等慧心開發信力明
悟各捨泉貝共成福業宋太宰江夏王霍姬蕃
閨內德齊雍州刺史田奐方牧貴臣深曉正見
妙識來果並於此巖阿廣抽財施琢磨巨石影
擬法身梁太尉臨川靖慧王道契真如心弘檀
容見此山製置疎濶功用稀少以天監十年八
月爰撤舊藏復加瑩飾繢以丹青鏤之銑鋈五
分照發千輪啓煥排天堂廡玉露分色接岫軒
墀翠微抽影八定之侶步纖草而揚梵三慧之

僧挹飛泉而動色喜園凝靜豈傲吏之凡遊深谷虛玄非愚公之俗路是以王公縉紳之輩郎吏胥史之屬步林巠陟皐壤升精舍拜道場莫不洗滌無明澣濯嚚瘖非直心之砥路孰能如斯者乎慧振法師志業該練心力精確度上人將就遷神深相付囑法師聿修厥緒勸勵衆功基業田園多所創置先有名德僧朗法師者去鄉遼水問道京華清規挺出碩學精詣早成波若之性夙植尸羅之本闡方等之指歸弘中道

之宗致北山之北南山之南固不遊皇都將涉三紀梁武皇帝能行四等善悟三空以法師累降徵書確乎不拔天監十一年帝乃遣中寺釋僧懷靈根寺釋慧令等十僧詣山諮受三論大義賈誼曰學聖道如日之明孫卿云登高山知天之峻令之探賾其此之謂南蘭陵蕭瓛幽棲抗志獨法絕群遁世茲山多歷年所臨終遺言葬法師墓側還符田豫託西門之冢更似梁鴻偶要離之瘞又按神錄云楚蘄神在今臨沂縣齊

永明初神詣法度道人受戒自通曰蘄尚即楚大夫之靈也大同元年二月五日神又見形着菩薩巾披袈裟閑雅甚都來入禪堂請寺衆說法崑嶺之中百神所在首陽之路八駟並驅未有修淨戒之品詣得道之僧整忍辱之衣入安禪之室是知名山大澤靈異憑依者矣慧布法師幼落煩惱早出塵勞律儀明白貞節峻遠貫綜三乘不自媒衒楷模七衆無所詆訶曩曰靜憩鍾巖余便觀止飡仁飲德十有餘年頃於攝

皁受持珠戒佩服之敬雖敢怠於斯須汲引之勞且曷伸於報効夫言意難盡鉛槧易凋固比河山莫如金石凡諸徵應并預隨喜並勒於碑左乃爲頌曰

漫漫心火冥冥世流論生若寄喻死如休三明未了十智難周盡纏癡愛豈離瘖瘂敬仰鷄足恭聞鷲頭斯風可羡其路何由我開梵宇面壑臨丘我圖靈跡果植因修兼金畫繢泐石彫鏤連雲出沒泄雨沉浮經行松磴禪坐蕙樓澗風

長瀉崖溜懸拙花臺似雪夏室疑秋名僧宴息
勝侶薫修三乘謂筏六度爲舟金幢合蓋寶駕
驅輧地祇來格天衆追遊五時無爽七處相侔
辭題翠琰字勒銀鉤賢乎樂餌過客宜留

大莊嚴寺碑

蓋聞僧伽水濱波斯創以禪地醍醐山頂舍那肇其梵域此乃往刼之勝因上方之妙範於是俯察地勢懸之以水仰惟皇極撥之以日百堵咸作千坊洞啓前望則紅塵四合見三市之盈虛後睇則紫閣九重連雙闕之聳峭加以園習歡喜水成功德池溢甘露不因玉掌樹搖音樂無待金奏薰鑪夜爇遥來海岍之香法鼓晨讙非動泗濱之石擢塹金表跨八萬之俱成界道

銀繩面四衢而拓製覆壁綴珠凌丹霞而結宇雕光縷采望紫極而開軒俯看驚雷影徹琉璃之道遥拖宛虹光徧水精之域層楹刻桷風伯走而未升靈檫飛甍雨師攀而不逮銘曰

灼爍金莖崔嵬銀表翔鵾仰翥威鳳靈矯木密聯綿香泥繚繞日圖擔外荷披棟杪翠落陰虬珠塡陽烏高僧累萃碩學茲多弘宣方等博綜圍陁皆傷寸晷竝悟尺波式旌鏤碣無待雕戈標年刹土比數恒河

建初寺瓊法師碑

夫智慧精進皆曰第一玅德淨名竝稱不二若乃幹五欲之泥解六情之網禦寶車之跡面香城之路荷持像法汲引人倫惟此法師心力俻矣東山北山之部貫花散花之句竝編柳成簡題蒲就業學非全朔無待冬書師夢尹儒自知秋駕爲銘曰

屑屑人世茲茫大千欲流心火意樹身田老驚靈籥孔惜逝川三空莫辯二諦何詮佛日初照

慈雲不偏秋露寂滅莫繫悠然

明慶寺尚禪師碑銘

百世之上百世之下含章隱瑛明眞照假空行已無希音稀寡不有耆德誰其繼者朗月靈懸高風獨寫

江令君集卷之五

陳濟南江揔揔持著

明閩漳張燮紹和纂

頌

莊周頌

玉潔蒙縣，蘭薰漆園。冊青可久，雅道斯存。夢中化蝶，水外翔鯤。出俗靈府，師心妙門。垂竿自若，重聘忘言。悠哉天地，共是籠樊。

江令君集　卷五　一

贊

香贊

海岸相傳香流大千不吹自轉將銷更燃縈空雜霧散迴飛煙還符戒品薰修福田

花贊

池中寶花葉覆金沙逆風氣亂映水光斜散由天女貴乃王家若生心樹願結因牙

燈贊

寶燈夜開光遍花臺烟抽細燄燼落輕灰珠懸

色並月恥光來一明暗室若遣塵埃

幡讚

金幡化成搖蕩相明留無定影散乃俱輕光分紺殿采布香城恒知自轉福與之生

銘

永陽王齋後山亭銘

叢臺造日淄館連雲錦牆列繢繡地成文吾王卓爾逸趣不群梅梁蕙閣桂棟蘭枌竹深蓋雨石暗迎曛激流疑疏構峰似削苔滑危磴藤攀聳萼樹影搖牕池光動幕月澄遥溆風清近壑雪岍難消花園易落高桐百尺垂楊五株開榮九晼結秀三珠山條紫的水葉紅鬚抽芳繞霤接翠分衢亭讙旅鶴浦渫驚鳬前列枚馬後招

申白諷誦楚詩精微沛易叢桂留賞散金匪惜
不羨雎陽遲啞碣石馳聲終古服義無斁

芳林園天淵池銘有序

歲次執徐月維大呂爰命梓匠賡修畚鍤標置舊趾開浚昔基東西彌望雲霧之所澄蕩南北紆縈虹霓之所引曜曉川瀁壁似日御之在河宿夜浪浮金疑月輪之駛水府前瞰萬雉列樹參差郄拒三襲危巒聳峭壞鳥異禽自學歌舞神木靈卉不知搖落昔叔皮覽海序螭蛟之汎濫吉甫臨冊美樫松之蓊茸尚復著在吟咏緘彼緹緗況我君門盛事未紀謬須待詔謹製銘

云

石溝溜容蘭渚潮平九華閣道百丈層盈液搖殿色殿寫波明

玄圃石室銘

傑巘石棚，偃宇石墻，地云正域，道示修羊，紫煙碧露，絳雪玄霜，廣成不踐，王烈未翔，移華甲觀，徙構震方，逵蹊飛梁，俛臨倒景，瓊蘂珠樹，金階玉井，映日分暉，搖風共影，岫濃翠合，林虛桂靜，朔去偷桃，董來貨杏，擔非刻削，戶恣登臨，迎春花近，避暑涼深，秋雲卷闇，冬霰停陰，桐棲鳳采，竹化龍吟，輕飛亂色，激溜成音，天縱儲宸，生知作兩，綋誦餘隟，仁智爲賞，河曲停遊，洛濱息往

祥梨吐秀瑞燕流響一物或鐫萬國斯仰

懷安寺刹下銘

四聰虛后萬行了因運光玉鏡道茂金輪爰構
靈刹地迹重闉迥風雲表承露天津飛甍巘嶭
累棟嶙峋護持七衆警衛百神籌銷草木劫盡
沙塵支提永固福業恒新變易東海長久北辰

江令君集卷五

[illegible]五

方鏡銘有引

此鏡以照著衣鏡背圖刻八卦二十八宿仁壽殿前無以加斯彫麗也

玄㨖命巧仲呂呈祥金鐫石漢銅鑄卅陽價珍負局影麗高堂圖星擬盖寫卦隨方明齊水止照與天長增輝兎苑永侍龍光

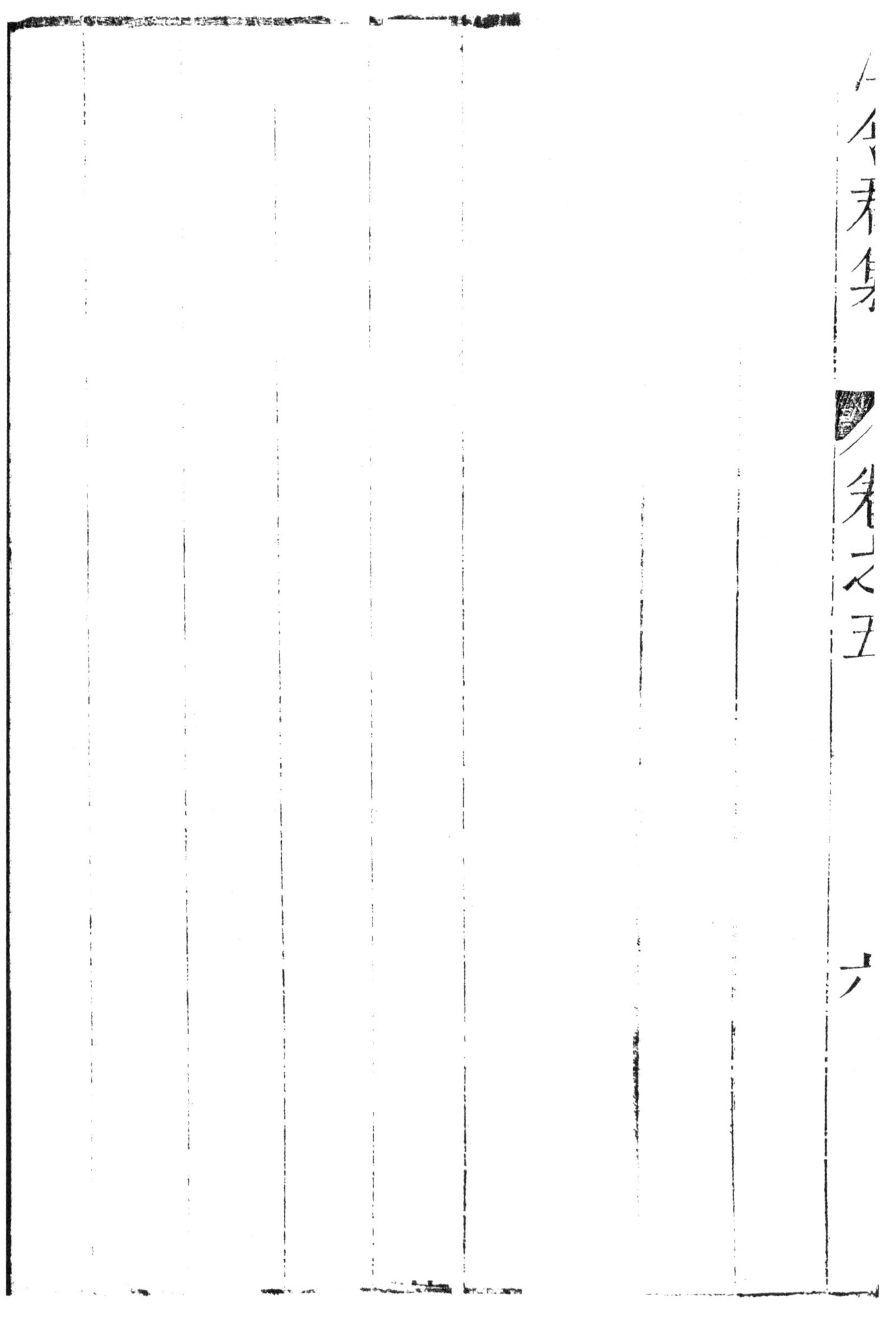

江令君集卷之五　六

鐘銘

鳧氏之匠，徂陽之銅。圖欒鑄鎛，刻獸鐫蟲。聲飛雪裏，韻切唇中。逕符玉律，遠雜金風。朝驚鷩嚬，夜動龍宮。冀憑慧業，冥感神功。百非洗蕩，萬善招通。長如五淨，求証三空。

又

篆間鎔刻，欒上雕鐫。聲齊法鼓，響逸鳴犍。册移巨壑，火壞初禪。

優塡像銘

如花譬象若火疑龍毫光此遇法相今逢軿雲繭雪月貌金容大仙下降避席爲恭

哀策文

陳宣帝哀策文

望蜃綍而攀摽拜龍蓢而慟絕變五緯而淒涼迴三辰而慘切感川岳而地維傾號穹蒼而天柱折于爍茂德萬世鴻名爰詔掌禮式序英聲其辭曰

嬀水樞宿姬墟大虹謳歌承曆揖讓受終重規帝緒踵武王風名山紀迹清廟傳功我后丕承思弘祖業莅政恭己臨朝凝默煥爛九功葳蕤

七德憲章昭著威靈允塞爰茲發迹天步艱難
連華睞衛比譽應韓羽儀戚右軒冕朝端祈膺
當璧繇顯大横延喜授玉告善飛旌神器有奉
性道無名詩頌唐年樂舞姬日仁聲汪濊武義
洋溢理訟總街凝情衢室巡望如禮幽祇咸秩
疆垂叛援關徼虔劉治兵冊浦獲醜青丘屠釣
且拔管庫方搜如龍駕鼓獻雉焚裘天必呈祥
地寧愛寶神禽奇獸嘉穀靈草屈軼抽階飛黃
伏皁綺雲舒慶珠星照老廣敷丘索弘啓膠庠

書林吐馥文圃含鏘南洽侯衛北暢遐荒殷羅自解周圄無傷金英掩色玉床弗豫天駟摧鑣王良失御鑄鼎奚益綴衣何虞漫漫幽夜冥冥上仙長違拜日失意祈年寧神卜兆晏駕迴天銅驎感泣銀海埋田出德陽之廣殿動繁笳之哀轉渡洛水之浮橋望偃師之近縣背紫陌而未遠隱黃山而不見鐸啓挽而依依馬嘶風而戀戀平原欲晦落照將垂鳳蓋飄而水暗鸞蹕聳而山危曳虵旗之舒卷間翠野之參差鳥哀

哀而驚曙松瑟瑟而吟枝異故鄉之絲竹非舊
宅之墳筦掃秋葉而無盡薦春櫻而顩知北邙
已謝西陵何有逵宿蒼梧便垂仁壽聲合韶濩
道宣戸牖共瀛海而恒流竝嵩華而莫朽

誄

梁故度支尚書陸君誄

君諱襄字師卿吳人也祖惠徹宋車騎府法曹行參軍父閑揚州别駕齊永元紹曆蕭遥光謀反伏誅閑以州職見害子絳其日并命忠孝之道萃此一門襄時年十四號毁殆滅布衣蔬食終於身世起家著作佐郎出爲永寧縣令累遷臨川王廬陵王法曹外兵記室入爲太子洗馬掌管記中書舍人管記如故爲丹陽尹丞俄遷

太子庶子掌管記揚州治中太子家令領國子博士管記如故丁母顧夫人憂廬乎墓所服闋又從家令轉中庶子並掌管記遷中散大夫金華宮家令出爲鄱陽內史除尚書吏部郎秘書監領揚州大中正度支尚書太清二年三月京師傾覆君竄跡還鄉吳民陸黯起義民攻郡擾攘之際憂憤而終春秋七十有二余避世河滸暫之吳國百舍不容千里無饋陸公國士之眷惠好之深朝同飦粥夕共瓢飲契濶晤言流連

晦朔日月逝矣懷古何忘臨哀能詠久願握筆
時事屯邅不遑削藁梁季適越未戢干戈陳世
入仕累牽物役杼軸於懷四十餘載隋開皇九
年於長安致仕懸車已洎就木幾何但東海成
田南冠永縶龜山更促空想吹笛之哀馬角徒
生絕望通波之水嗚呼哀哉攬涕操觚乃爲誄
曰
嬀苗碩茂完裔繁昌賓門穆穆筮仕鏘鏘食采
命氏遐哉陸鄉四昇臺省八辟賢良分柯振葉

令聞令望玄狌朱軿翠弁金鐺流聲世祀列讚
祠堂别駕貞烈志存名教捐生徇主知死不撓
暉映泉壤痛此忠孝於鑠夫子積德累仁韜光
戢耀隱璞含貞居哀能痛至情通神淚枯瓏樹
哀感馴禽永慟家禍長號不辰玄黄絶睇蔬布
終身心符屈婞室等原貧分甘共慼内族外姻
求之今古斯爲異人月下奏章螢前讀史給紙
蘭臺觀書洛市强學待問潤身爲巳結髮濯纓
登朝入仕昴昴逸驥逐日千里宛宛長離陵江

迅起枳棘棲鳳化行乳雉平臺累踐石扇暫履
跧伏不競棼絲自理綺席無譏師訓胄子驥足
時務俊民斯俟秋實選能春華倚美思媚儲后
遊息承華書記策擢爵命增加彈碁擊筑沉李
浮瓜追隨飛蓋侍從鳴笳二儀迴斡四氣淹賒
離景遽沉前星奄滅撫巳惟舊懷恩守節昔荷
故臣攀號聲折登高能賦大夫就列金華式肇
更奉清切修竹貞松含霜抱雪下車軒日求瘼
康時良辰坐嘯朗夜卧治懸魚化靜佩犢去思

廣弘條教精察毫釐典選捜揚操刀宻勿不紊
朱紫傷無請謁秘署學林得人超忽延閣緗素
校文遺闕工妙鉛槧譽成碁月鴈行攸序龍作
簡才讓珠不拜賜劍恩來帝曰俞往爾行兼該
金城失險玉弩流災年臻几杖病息草萊世故
天禍臣悲主辱露盡朝陽風驚夜燭黃鵠超遥
白駒何促事迫歸魂依然啓足悠悠世路辛苦
艱虞尋戈滿道暴骨交衢家無半菽地絶飛芻
念君桑梓零落凋枯傷君井邑子戾崎嶇喪亂

絕卜葵藿荒蕪凄凉故友擗摽遺孤臨穴外野
撫棺窮途嗚呼哀哉爲善豈懼修名難假德馥
中和道周文雅不朽之迹非謂泉下亹亹清風
冷冷獨寫嗚呼哀哉

江令君集　卷之五　十三

墓誌銘

廣州刺史歐陽頠墓誌

公家習尚書少府儒高於漢册世居渤海太守文重乎晋原中原喪亂避地南徙公孝敬純深友悌敦睦家積遺財竝讓諸季兼賙同壤公含章内映遠識沉通窒嗜欲謹言行資貞幹事廉隅梁室不造凶羯憑陵公被鋭執兇有志匡復梁孝元帝授散騎常侍東衡州刺史始興縣侯而犬戎弒逆宗社播遷陳纂揖讓攸歸高祖恩

加惟舊授使持節都督南衡二十二州諸軍事廣州刺史進爲開府儀同三司山陽郡公進號征南將軍加鼓吹一部巫山逵曲喧騎吹于日南芳樹清音肅軍容於海截追贈車騎將軍司空公涉獵六經優游百氏寬徭省賦化百越之歸心撫寒投醪感三軍之死力在室如賓寧慚屋漏不貪爲寶毋畏人知殺青無兼兩之疑薏苡豈懷珠之謗如羊如粟不改夷齊之心遺愛流風方留豹産之德

特進光祿大夫徐孝穆墓銘

耕耘書圃戈獵文場藻思綺合尺牘繡揚辭夲太史筆利干將心緘武庫口定雌黄奉使巡採絶域遐深市朝遷貿陵谷相侵形寄王續名宣攀附高排閶闔鬱轉雲路年踰致仕齒及懸車夜漏方盡馳光復斜平原出宿庠序爲家隴愁宿霧松悲閉鳥地迥雲低山重樹小九原孤月三泉送旐疇曩行役共上河梁余因病免君事逵將痛心期之徂謝憫時代之銷亡冀鐫石於

玄象留清風於故鄉

司農陳暄墓銘

其文骳骫其筆縱横背碑即誦據馬俄成誹諧見賞調笑忘情兩宫寵官四主恩榮萬事依息一朝追送疇昔命觴文可吟諷今日酹酒長悲且慟

中領軍魯廣達墓銘

災流淮海，險失金湯。時屯運極，代革天亡。爪牙背義，介胄無良。獨摽忠勇，率禦有方。誠貫皎日，氣勵嚴霜。懷恩感報，撫事何忘。

侍中沈欽墓誌

早結南陽之親致興沛市之役四埏多難三江屢梗君敦淳化以厲澆風厥滌清流以蕩濁俗早遘紫雲萍濡碧海舊里開之寵躍車馬之貴哂賓氏之青山耻郭家之金穴

江令君集■之五　十七

文

群臣請陳武帝懺文

某位某甲稽首和南十方三世一切諸佛十方三世一切尊法十方三世一切賢聖見前大德僧皇帝某菩薩睿哲聰明廣淵齊聖心若虛空照窮般若發弘大誓荷負衆生神道會昌膺兹景業百王既季運屬艱難五嶽維塵六軍日動劬勞在念有切皇心既而深悟苦空極信無我寶臺華桂本非實錄賊城樓櫓若其兹多遂坐

道場靜居禪室堅固善本具足檀那石壁山河
珍車象馬頭目髓腦妻子國城鑾輅龍章琴帳
玉几福德所感威惠所及莫不肅然大捨供養
三尊便欲拂衣崆峒高步六合到林間而宴坐
與釋種而同遊紫微虛宮黄屋曠位上靈聳動
厚土怔惶弟子等身纏愛惑業構煩惱天生烝
民樹以司牧喋喋黔首非后罔戴豈容尊居萬
乘而仲獨往之情應在帝王而爲布衣之事且
蠻夷猾夏寇賊姦宄燧人警職日照甘泉之火

四郊多壘未肆樓船之威若使七聖遂迷窅然汾水之上八駿沃若方在瑤池之濱則天下何依群臣莫奉宗社廟堂有廢彝則弟子不勝狼狽之切謹捨如干錢如干物仰覲三寶大衆奉贖皇帝及諸王所捨悉還本位伏願十方三寶見前大德僧以慈悲力用無礙心坐道放光顯揚宣說勸喜和合超然降許當使皇帝望雲望日之姿與南山等固乃神乃聖之德與北極同尊中宮后妃之星金禎玉幹之戚窮積善之慶

盡萬歲之懽玉鑾迴鑣金門洞啓百辟翹首搢紳竝列願塵勞與雲沴俱銷億兆與天地同泰慊慊卅愚敢以死請弟子其和南

附錄

江摠傳

唐姚思廉

江摠字摠持濟南考城人也晉散騎常侍統之十世孫五世祖湛宋左光祿大夫開府儀同三司忠簡公祖蒨梁光祿大夫有名當代父紑本州迎主簿少居父憂以毀卒在梁書孝行傳摠七歲而孤依於外氏幼聰敏有至性舅吳平光侯蕭勱名重當時特所鍾愛嘗謂摠曰爾操行殊異神采英拔後之知名當出吾右及長篤學

有辭采家傳賜書數千卷摠晝夜尋讀未嘗輟手年十八解褐宣惠武陵王府法曹參軍中權將軍丹陽尹何敬容開府置佐史並以貴胄充之仍除敬容府主簿遷尚書殿中郎梁武帝撰正言始畢製述懷詩摠預同此作帝覽摠詩深見嗟賞仍轉侍郎尚書僕射范陽張纘度支尚書琅邪王筠都官尚書南陽劉之遴並高才碩學摠時年少有名纘等雅相推重爲忘年友會遷太子洗馬又出爲臨安令還爲中軍宣城王

府限內錄事參軍轉太子中舍人及魏國通好敕以摠及徐陵攝官報聘摠以疾不行侯景寇京都詔以摠權兼太常卿守小廟臺城陷摠避難崎嶇累年至會稽郡憩於龍華寺乃製修心賦畧序時事摠第九舅蕭勃先據廣州摠又自會稽往依焉梁元帝平侯景徵摠爲明威將軍始興內史以郡秩米八百斛給摠行裝會江陵陷遂不行摠自此流寓嶺南積歲天嘉四年以中書侍郎徵還朝直侍中省累遷司徒右長史

掌東宮管記給事黃門侍郎領南徐州大中正授太子中庶子通直散騎常侍東宮中正如故遷左民尚書轉太子詹事中正如故以與太子爲長夜之飲養良娣陳氏爲女太子微行揔舍上怒免之尋爲侍中領左驍騎將軍復爲左民尚書領左軍將軍未拜又以公事免尋起爲散騎常侍明烈將軍司徒左長史遷太常卿後主即位除祠部尚書又領左驍騎將軍參掌選事轉散騎常侍吏部尚書尋遷尚書僕射參掌如

故至德四年加宣惠將軍量置佐史尋授尚書令給鼓吹一部加扶餘並如故禎明二年進號中權將軍京城陷入隋爲上開府開皇十四年卒於江都時年七十六總篤行義寬和溫裕好學能屬文於五言七言尤善然傷於浮艷故爲後主所愛幸多有側篇好事者相傳諷玩于今不絕後主之世總當權宰不持事務但日與後主遊宴後庭共陳暄孔範王瑗等十餘人當時謂之狎客由是國政日頹綱紀不立有言之者

輙以罪斥之君臣昏亂以至於滅有文集三十卷並行於世焉

江揔傳

唐李延壽

揔字揔持，七歲而孤，依於外氏。幼聰敏，有至性。元舅吳平侯蕭勱名重當世，特所鍾愛，謂曰：爾神采英拔，後之知名當出吾右。及長，篤學有文辭。仕梁，爲尚書殿中郎。武帝撰正言始畢，製述懷詩，揔預同此作，帝覽揔詩，深見嗟賞。轉侍郎。尚書僕射范陽張纘、度支尚書琅邪王筠、都官尚書南陽劉之遴，並高才碩學，揔時年少有名，纘等雅相推重，爲忘年友。會之遴嘗酬揔詩，深相欽挹累遷太子中舍人侯景寇建鄴詔以總權兼太常卿守小廟臺城陷避難會稽郡憩於龍華寺乃製修心賦總第九舅蕭勃先據廣州又自會稽往依焉及元帝平侯景徵爲始興內史會魏尅江陵不行自此流寓嶺南積歲陳天嘉四年以中書侍郎徵還累遷左戶尚書轉太子詹事總性寬和溫裕尤工五言七言溺於浮靡及爲宮端與太子爲長夜之飲養良娣陳氏爲女太子亟微行遊總家宣帝怒免之後又歷

侍中左戶尚書後主即位歷吏部尚書僕射尚書令加秩既當權任宰不持政務但日與後主遊宴後庭多爲艷詩好事者相傳諷翫于今不絕唯與陳暄孔範王瑗等十餘人當時謂之狎客由是國政日頹綱紀不立有言之者輒以罪斥之君臣昏亂以至於滅禎明三年陳亡入隋拜上開府開皇十四年卒於江都年七十六其爲自序云太建之時權移羣小諂嫉作威屢被摧黜奈何命也識者譏其言跡之乖有文集三

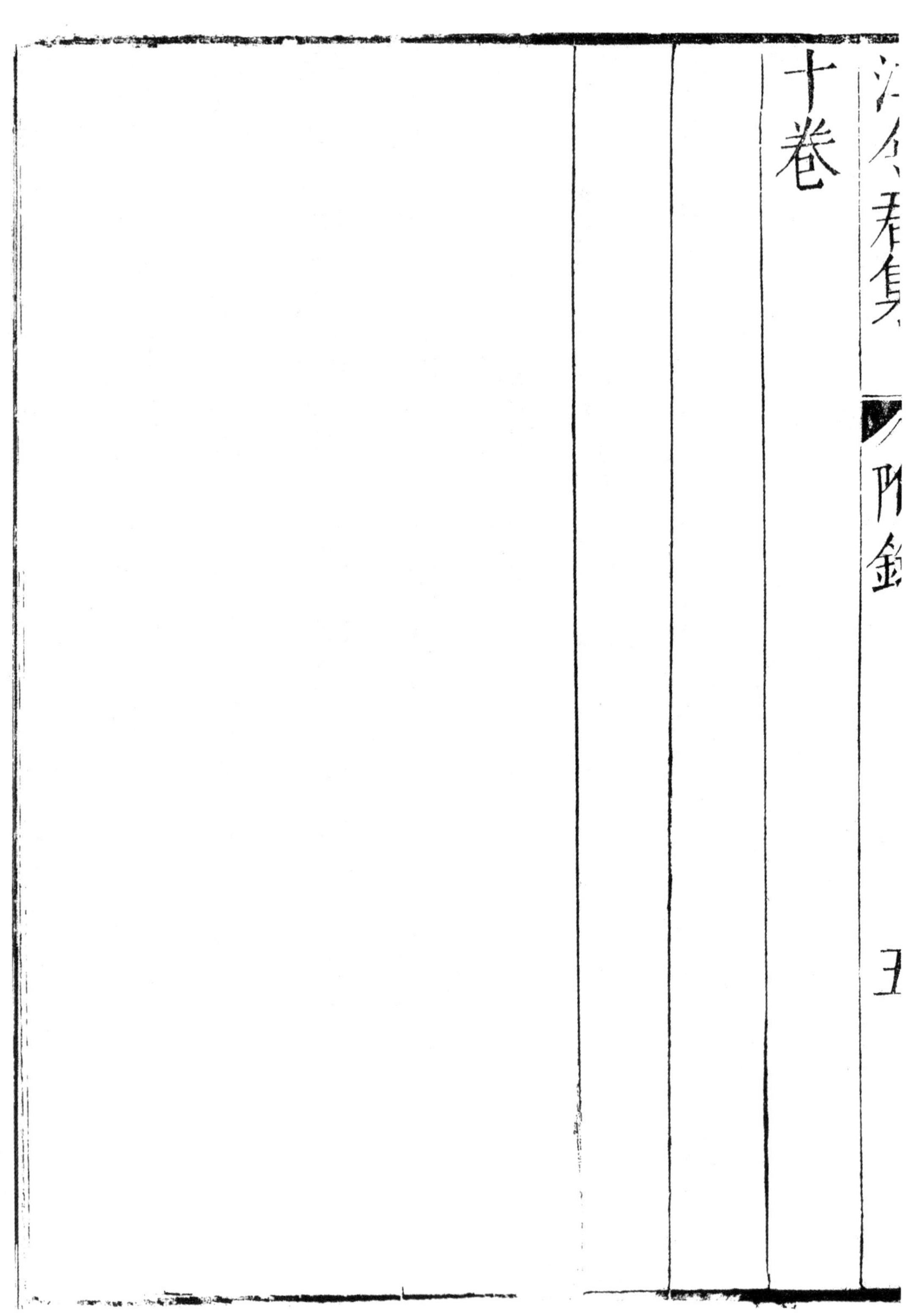

與詹事江摠書　　陳後主

管記陸瑜奄然殂化悲傷悼惜此情何已吾生平愛好卿等所悉自以學涉儒雅不逮古人欽賢慕士是情尤篤梁室亂離天下靡沸書史殘缺禮樂崩淪晚生後學匪無牆面卓爾出羣斯人而已吾識覽雖局未曾以言議假人至於片善小才特用嗟賞況復洪識奇士此故忘言之地論其博綜子史諳究儒墨經耳無遺觸目成誦一褒一貶一激一揚語玄析理披文摘句未

嘗不聞者心伏聽者解頤會意相得自以爲布衣之賞吾監撫之暇事隙之辰頗用譚笑娛情琴樽閒作雅篇艷什迭互鋒起每清風朗月美景良辰對群山之參差望巨波之滉瀁或翫新花時觀落葉既聽春鳥又聆秋鴈未嘗不促膝舉觴連情發藻且代琢磨閒以嘲謔俱怡耳目並留情致自謂百年爲速朝露可傷豈謂玉折蘭摧遽從短運爲悲爲恨當復何言遺跡餘文觸目增泫絕絃投筆恒有酸恨以卿同志聊復

敘懷涕之無從言不寫意

令君集 附錄 十

檄陳尚書江揔等文　隋煬帝

南北雖殊風雲在望載懷虛遲寤寐爲勞獻歲猶寒比當清豫匡贊乎國良亦殷懃寡人忝膺朝寄董律專征跋涉山川今次江際公等文儒自立器用適時冠蓋二世蔭德兼重孔老殊教名墨異家金匱珠韜銀編玉策莫不騰於舌杪散在筆端邃古成敗之機近代安危之跡照同懸鏡明若觀火無待指南自應神晤猶恐思之未審差以毫釐聊煩翰墨略申梗槩自旁昊生

民樹之司牧羲軒以降書契可紀咸一姓承立四海無兩帝漢道云季三方鼎立時惟版蕩世匪休明當塗起而蜀亡典午興而吳滅永嘉喪亂紫宸曠主劉石苻姚之儔僞夏僭燕之醜妄塵大寶事乖圖籙魏室乘時兆基朔野經始嵩洛未暇江湖有周受命敵非齊氏務在兼并不遑外略蕞爾吳越自相君長竊擬王者之儀妄談天子之氣偷安假息綿歷世祀我大隋之肇開寶祚光有神州皇帝感曜魄之靈應太微之

座千年啓聖萬代一時深仁至德寧濟群品越海窮河東漸西被旄頭之屬歷代之覇作我臣民肩訇服裳惟彼江表獨隔皇風夫物極則反否終斯泰郭璞有云年經三百天下大同茲實玄運已定於前聖主膺期而出欲以區區之陳國違上天之宜數其不可存者一也大必包小天地之常規明能通暗日月之常理論道德以唐陶而征有苗語衆寡舉海內而當群小在長江舟檝之用矜其積習而山川共有我據上游

鼓棹之能吳楚不異髙艫巨舳東西萬里扼喉撫背水陸千途彼之兵士不過十萬首尾分布所在危急加以屯戍邊方淹積歲序風雨以爲櫛沐蟣虱生於甲胄望我寬仁思倒戈戟逋在戎行更成敵國守以時月則魚爛土崩接以鋒刃則鳥驚鹿走理在必然不假枚卜此不可存者二也豐侯好酒實喪厥邦梁伯役民潰其宗社彼之僞主覆車是襲日夜沉湎曾無節度繕造宫室莫知窮已竭四民之産荒縱其心歛百

姓之哀以爲己樂寶衣玉食塡積後宮短褐麤饘不充編戶一芥之善蔑爾無聞五子之歌宛然悉備雖欲勿喪其可得乎此不可存者三也僞主忌能護短酷法淫刑骨鯁之臣盡見疎斥諫諍之士皆被屠害遐邇結舌衣冠解體人妖鬼怪觸類呈災稚齒耆年咸知殘滅此不可存者四也以此小邦攝於大國邊烽夜動照彼都城戍鼓晨嚴震其宮殿累碁十二方此未危懸縷千鈞比斯非切而莫知憂恐更自驕矜曾無

事大之心專行犯上之志侵軼我邊鄙招納我叛亡國家爰自受命每從含養敦以鄰睦申其聘好冀能守彼宗祊靜其疆域而長惡益甚縱毒彌深吳會雄俊之人湘郢耿介之士乞師請命盈庭滿闕帝乃憫然矜彼黎獻授鉞推轂弔民伐罪已有別詔惟廢僞主之身自餘士庶普從肆眚向所陳說咸是格言非曰游談共相欺誤且劉叔納譙周之計而獲存孫皓用薛瑩之詞而致福此二子者終有良臣之譽皆無稽君

之譏何則所恥者小所存者大若憲章往彦
遵前轍則爲主享封侯之業祖禰延血食之期
江東士民實受其賜公等身保榮貴名垂竹帛
豈不美歟若膠柱不移守迷莫變率其蟻衆敢
拒王師軍有常刑悔無及矣禍成俄頃宜早圖
之使人今還遲有委曲言不盡意豈復多云楊
廣白

江令君集　附錄　十一

酬江揔詩　　梁劉之遴

上位居崇禮寺署鄰棲息忌聞曉騶唱毎畏晨光艶高談意未窮晤對賞無極探志共遨遊休沐忘退食曷用銷鄙吝枉趾覯顔色上下數千載揚搉吐胸臆

同江詹事登宮城南樓　陳徐陵

元良屬上德率土被中孚漢幄朝無怠周門夕復趨桓經既受業賀拜且尊儒壯志諧風雅高文會斗樞鏗鏘叶舞蹈熠爛等琨瑜溝水慙雄

伯漳川仰大巫鮑魚齊入俎釣鼇匪克厨叔譽

恒詞屈防年豈濫誅

遺事

後主在東宮欲以江摠爲詹事令陸瑜言於孔奐奐曰江有潘陸之華而無園綺之實瑜具以白後主乃自言於高宗高宗將許之奐奏曰摠文華之人今太子文華不少顧選敦重之才以居輔導帝卒以摠爲詹事陳書孔奐傳

司馬消難入陳見朝士皆積經史消難切慕之乃多卷黃紙加之朱軸詐爲典籍以矜僚友江摠戲之曰黃紙五經赤軸三史

摠爲詹事時製登宮城五百字詩副君及徐陵以下並同此作徐後謂江曰我所和弟五十韻寄弟集内陳書姚察傳

南朝鼎族多夾青溪江令宅尤占勝地至宋時段約居之王荆公詩昔時江令宅今日段侯家金陵故事